牧雪參天 ◎著
丹天符帝
09

目錄 CONTENTS

第一章　北原二皇子　005
第二章　靳羽　025
第三章　喚靈號角骨符　047
第四章　凝魂果樹出世　067
第五章　虛空符印　087
第六章　地級丹藥凝魂丹　109
第七章　五行峰　129
第八章　武裝五色金翅鵬　151
第九章　黑甲、黑靈　171

第一章

北原二皇子

「我明白了。」江一木示意大家都別說了，然後又說道：「不管十三皇子什麼用心，我們進入祕境之前，必須要相互信任才行。」

然後又看了看海韻兒還是一臉介懷的表情，隨即拍了拍她的腦袋，笑著說道：「我很了解二黑，他不會出賣我，也不會出賣大家。他只是認為十三皇子對他有知遇之恩，因此就對十三皇子的話言聽計從而已。」

「那跟出賣我們還有什麼區別？」海韻兒氣呼呼的質問，然後發現江一木的手還放在自己頭上，又氣呼呼的說了一句：「你別碰我！」抬手就將江一木的手推了回去。

江一木也沒想到海韻兒的反應會這樣強烈，被推回來的手一時間竟無處安放。

這時單靈坐了過來，將江一木的手拉了過來，放在自己手心，為江一木解圍，然後說道：「一木哥，你說話能不能一次說完？你這話說一半，難免大家誤會。」

看著單靈接過了江一木的手，海韻兒又惡狠狠的瞪了江一木一眼，然後便轉過頭去，不再看向這邊。

江一木見到單靈給自己解圍，隨即笑了笑，也不去安慰海韻兒，而是看向二黑，說道：「所以說，二黑呀！我們之前說的內容，你完全可以一字不落的轉告十三皇子。」

聽到江一木這樣說，二黑眼圈都紅了，立刻站起來，說道：「一木，有些事情我是分不清輕重，就像那顆丹藥，我也不知道那麼貴重啊！你若是不讓我告訴十三皇子，他就是對我嚴刑拷打，我也不會說出一個字。」

「哎哎！二黑，坐下、坐下。」江一木笑著揮手，示意二黑不要那麼激動，然後又說道：「但是從現在開始，我要說的每一個字，大家都不要洩露半分，大家能做到嗎？」

「能！」

「能！」

「放心吧！一木。」

海韻兒聽到別人都在表態，於是轉頭看向江一木，又看了看江一木放在單靈手中的手，生氣的說道：「我能不能，你不知道嗎？」

單靈見到海韻兒吃醋，呵呵笑了起來，將江一木的手放開後，看著江一木，說道：「一木哥，你繼續說吧！」

江一木也是被海韻兒搞得有些尷尬，稍微定了定神後，繼續說道：「你們發現沒？我們幾個剛好能湊齊五行體質，我這裡也剛好有一套五靈行軍陣的功法，可進可退，剛好適合我們。」

「對呀！我還沒想到呢！我們五行都湊全了。」張富表現得既驚訝又興奮。

海韻兒也轉身看向江一木，有些吃驚的問道：「五靈行軍陣？楊將軍教你的？」

「咳咳……」江一木不好意思的咳了兩聲後，說道：「我在功法石林順便學的，當時我覺得這東西挺有意思的。」

「你還順便多學了一個？你主修的是哪個石碑？」海韻兒表現得很是驚奇。

「哎呀！韻兒，我們先聽一木把五靈行軍陣說一下吧！畢竟這是當務之急。」單靈在一旁說道。

「嗯！你說吧！」海韻兒此時也不再置氣，而是轉過身來，開始認真起來。

江一木點了點頭，說道：「這五靈行軍陣，是我在帝國功法石林之中參閱而來。單純用言語很難說得明白，我現在就將那日我得來的感悟模擬成陣圖給大家。大家也不用全部領會，只要專注感悟屬於自己體質的那個部分即可。」說完，看向大家，然後又說道：「感悟這事兒非常耗費魂力，你們在感悟之時，若是覺得魂力不能支撐，最好就服用一顆鑄魂丹，便能快速補充魂海的消耗。」

見大家都準備好之後，江一木盤膝端坐，閉目定神，雙手在身前揮舞。片刻之後，一幅由五行元素組成的陣圖便展現在幾人面前。

那陣圖中的五行元素時而聚合、時而分開、時而黯淡、時而明亮，萬般變幻，極其玄妙。

為了加快大家感悟，江一木先將手放在單靈身上，將自己在裡面已經感悟到的水系部分慢慢傳授給她。有了江一木的輔助，不到一炷香的工夫，單靈便將五靈行軍陣中的水系部分全部掌握。

然後是張富，再然後是二黑，他們三人全部輔助成功後，江一木也耗費了大量的精力。為了節省精力，江一木便不再全盤演示五靈行軍陣，而是只演示海韻兒還未完成的金系部分。

但他的這一變化，卻讓集中精力感悟陣圖的海韻兒有所察覺。她隨即慢慢退出了感悟，看向大家，疑惑的問道：「你們都感悟完了？」

所有人都看向海韻兒，點著頭。海韻兒又看向二黑，語氣很重的問道：「連你也感悟完了？」

「是呀！海師姊。」二黑顯得很是得意。

「你們為什麼這麼快？」海韻兒顯然有些惱怒。

張富嘿嘿笑了兩聲，道：「海師妹，我們之所以能快速感悟完陣圖，都是一木輔助的結果啊！」

「別叫我『師妹』，你們都看我不順眼。」海韻兒想都不想，就直接脫口而出。說完，突然注意到了張富所說江一木輔助的事情，然後看向江一木，帶著滿滿的怒氣道：「你為什麼不輔助我？」

江一木聽到海韻兒這樣問自己，隨即舉起右手，委屈的說道：「妳不是不讓我碰妳嗎？」

海韻兒也是沒有想到江一木是這個原因才不輔助她，但她也無話可說，隨即瞪了江一木眼，說道：「開始吧！」便獨自盤膝閉目，釋放出神識，準備好繼續感悟，卻把左手伸向了江一木。

江一木也是無奈，只好在眾人的偷笑之中握住了海韻兒的左手，一邊演示陣圖，一邊將金系部分的感悟傳了過去。

很快的，海韻兒也感悟完了陣圖，手也從江一木手中抽了回去。

江一木見大家都完成了領悟，隨即說道：「這套五靈行軍陣，分為行軍陣和布防陣兩個部分。行軍陣主要是在運動中從空中到地下全方位觀察和防守，而布防陣，你們看似平常，但是一旦徹底啟動，將會溝通天地間一切能源為大陣所用，至於可溝通的範圍嘛！取決於組成五靈陣所有成員的修為高低。

我們的修為雖然都在練脈期，但大陣的威力也一樣不可小覷，因此，這布防大陣，我們非到必要，不可使用。」

聽到這裡，幾人都紛紛點頭。江一木看了看大家，又說道：「不過，大陣一旦開始形成，我們就必須徹底彼此信任，不可相互猜忌。」

隨即看向張富，說道：「張富師兄，身為土系功法的你，是大陣的基礎，不管發生什麼，你一定要保證大陣內部能量穩定。至於各方的救援和平衡，就由我來掌管，你只管控制好大陣的能量。實在不行，就將過剩的能量傳入地下，切不可分心。」

「嗯！交給我了，放心吧！一木。」張富很有信心的點了點頭。

「還有。」江一木說著就看向二黑。「到了京城，你跟之前一樣，該向十三皇子回報什麼，就回報什麼。」

二黑聽後非常疑惑，問向江一木：「一木，你難道認為十三皇子千里迢迢的把我們送了過去，就是為了加害我們？」

「至少他對於我們取勝，或者說取得一顆凝魂果毫無信心。」江一木冷冷的說道。

見二黑還要問什麼，海韻兒在一旁不耐煩的說道：「二黑，你別問了，我希望你相信一木哥。」

「嗯！我當然相信一木，我也只是問問。至於十三皇子那邊，我知道什麼該說、什麼不能說。」二黑低著頭說道。

「那行，剩下的時間，我們就根據自己的情況，是煉化丹藥，還是修煉術法，全憑自己安排。」江一木交代完畢，就坐到一旁煉化丹藥去了。

飛舟經過連續七日的不停飛行，終於到達了中原帝國。幾人換乘馬車進到京城，一邊觀賞著車外中原帝國京城的繁榮美景，一邊都在心裡讚歎著這裡的強大。

「一木哥，你看，這裡的店鋪都是獨棟式建築，誰都不挨著誰，感覺好浪費土地呢！」單靈看著中原京城內的店鋪，非常不理解。

江一木點點頭，說道：「我分析得若是不錯的話，這些店鋪的位置都不簡單，它們之間應該能構成一個大陣，或者說多個大陣。」

前面駕車的車老闆聽到江一木的話，轉過頭來，笑著看向江一木，說道：

「唷！這位小兄弟很有眼光嘛！看來小兄弟定然對於陣法有所研究了？」

江一木笑了笑，回答：「只是有些喜歡而已。哎！對了，請問京城之內這種店鋪，若是想要盤下一家的話，大概要多少靈晶呢？」

「哈哈……那可貴囉！」車老闆將身子轉了過去，回答了一句之後，又頭也不回的問了一句：「怎麼？小兄弟家裡是做生意的？不知道經營的是哪方面的行當呢？」

「啊！開丹符鋪的，小生意。」江一木回答得很低調。

「哦……丹符鋪啊！」車老闆念叨了一句之後，語氣變得有些倨傲的又說了一句：「我們京城的丹符鋪可不是一般的地方，可以說都是官方經辦。尤其你們這些外地來的人，即使是有幾個靈晶，想在這裡開設丹符鋪，那也是千難萬難。」

「哦！官方經辦……」江一木念叨著。

「一木哥，你還真想在這裡開設丹符鋪呀？」單靈問道。

「哦！就是有一些想法。」江一木回答得很低調。

「喂！小兄弟，前面就能路過京城最大的丹藥商行——中原皇家丹藥總行，要不要過去停下看看？」車老闆雖然傲慢，但的確很是熱心。

江一木連忙說道：「不用了，謝謝，今天趕時間，知道位置就好，過兩日我們自己過來看看。」

一路上在熱心車老闆的介紹下，江一木他們也知道了很多中原京城的知名店鋪。

馬車停下時，車老闆還熱心的招呼道：「幾位小哥，就是這裡吧！前面帶路的那輛車已經開始下人了。」

江一木探頭看到旁邊一座高大建築大門上的牌匾上寫著「北原帝國駐中原帝國行政使館」，又看到前面十三皇子他們乘坐的馬車已經有護衛從車上下來，便招呼同行的夥伴，說道：「我們也下去吧！看樣子到地方了。」

下車之後，在十三皇子的帶領下，進入了北原帝國駐中原帝國行政使館。進去之後，江一木幾人在前廳等候，十三皇子帶著護衛去辦理手續。

就在幾人好奇的在這裡東張西望之時，一個衣著華麗的青年男子從樓上走了下來，見到幾人後，上前問道：「你們就是這次過來參加祕境試煉的隊伍？」

江一木上前施禮，說道：「是呀！我們就是這次過來參加祕境試煉的隊伍，我姓江，請問您是……」

「哦！你就是江一木？」那人張口便叫出了江一木的名字。

江一木也是沒想到自己如此出名，隨即又恭敬的施了一禮，回道：「弟子正是江一木，來自北麓郡北麓武堂。」

那青年看了看江一木，搖了搖頭，說道：「我是北原二皇子，你跟我上來吧！我有話要問你。」

聽到是北原二皇子，江一木心中猜測一定是九皇子通過書信，提前告知了二皇子他要過來的消息，隨即應了一聲，便隨著二皇子走上了二樓。

到了二樓，進了二皇子專屬的房間，二皇子居然啟動了屋內的隔絕陣法，然後才露出笑容，對著江一木說道：「坐吧！老九來過書信了，讓我照顧一下你們。」然後他自己坐到桌案後面，意味深長的看向江一木，又說了句：「你們需要我提供什麼幫助？」

江一木沒有想到二皇子說話竟然這樣直接，後來想想，人家畢竟是皇子，初次見面，當然沒有太多的客套話跟他耽誤時間，便直接說道：「我們對於這次祕境試煉的具體要求和其他隊伍的資料幾乎一無所知，您若有所了解，還望告知一二。哦！對了，這裡有九皇子帶給您的玉簡，您要不要先看一下？」說完便將將九皇子的玉簡遞了上去。

「玉簡？剛來過書信，還要你帶個玉簡？」二皇子漫不經心的接過玉簡，放在額前讀了起來。但當他閱讀完玉簡上的內容，二皇子臉上漫不經心的表情一掃而空，取而代之的則是驚訝的表情。隨即又仔細的端詳著江一木，問道：「你到底什麼修為？」

江一木見二皇子認真了起來，隨即站起身來，正式稟告道：「回二皇子，弟子修為，練脈八層。」

「練脈八層？可我以祕法觀你，你只有練脈五層而已。」二皇子有些吃驚。

江一木又回答道：「弟子擅長符籙一道，此次特地在身上施加了一道隱藏修為的符籙。」隨即身形一晃，將身上的隱魂符收了起來。

二皇子再去觀察，果然，現在江一木的修為體現到練脈八層的境界。

「老九這是撿到寶了呀！」二皇子驚訝的說了一句，然後站起身來，從桌案後走了出來，站到江一木面前，說道：「好小子！練脈八層，你這修為，在這次祕境之中可算是頂尖的高手了。」

「多謝二皇子抬舉。」江一木仍然顯得很是恭敬。

「哈哈……那你們樓下那幾人的修為呢？也都用了隱魂符？」二皇子笑呵呵的問道。

「也不全是，有三人使用了隱魂符。」江一木回答得很直接。

「什麼！還真有？那他們都是什麼修為？」二皇子此時真的不淡定了。

江一木慢慢回答道：「練脈三層一個、練脈五層一個、練脈六層一個，還有一個練脈七層。」

「妖孽呀！」二皇子震驚的在屋內亂走，然後突然停下，指著江一木，問道：「十三知道你們的真實修為嗎？」

江一木搖了搖頭，說道：「應該不知道。」

「好！果然是老九認可的人。」二皇子想了想後，連忙拿出一個玉簡放在額頭，開始往裡面刻畫內容。十幾個呼吸之後，將玉簡遞給江一木，說道：「我們不要耽擱太長時間，等下你就回去。這個是我覺得對你們有用的所有資料，你拿回去慢慢看。這幾天，沒有什麼重要的事情就不要來找我，進祕境之前，我會再幫你們蒐集一些資訊，你做好準備。哦！這個你拿著，別人問起，就說這是我送給你們的見面禮。」說完便取出五顆丹藥，交給了江一木。

江一木將丹藥和玉簡收好後，向二皇子抱拳說道：「如此，弟子就先行告退了。」說完一晃身形，隱魂符又啟動起來。

「以後見我不要這樣拘謹，老九的朋友就是我的朋友。」二皇子笑著說完，便將屋內的隔絕陣法取消，將江一木送出了房間。

回到了一樓門廳，十三皇子也剛好回來，見到江一木從二樓下來，臉色立刻陰沉下來，問道：「你上去做什麼？」

江一木笑著答道：「剛才二皇子路過這裡，知道我們是來參加祕境試煉的弟子，特地送了我們幾顆丹藥以示鼓勵。」

「丹藥，什麼丹藥？」十三皇子問道。

「哦！就是這個。」江一木將二皇子給的五顆丹藥取了出來，遞向十三皇子。

十三皇子拿著那幾顆丹藥看了又看，然後問向江一木：「他還跟你說了什麼沒有？」

「說了，就是問我們修為什麼的，我都如實彙報了一下。」江一木回答得很輕鬆。

「就這些？」十三皇子顯然不太相信。

江一木雖然對十三皇子的態度感到很是厭惡，但仍舊笑著回答：「我跟二皇子初次見面，他能跟我說的話也就那麼幾句。」

十三皇子點了點頭，然後說道：「你們跟我來吧！每人一間靜室，獨自在裡面修煉。這幾天所需的物資，會有專人送去，你們不要隨意進出房間。」

「每人一間靜室，還不能隨便出來？那我們修煉之時如有問題，需要相互切磋，該如何處置？」單靈隨口問道。

十三皇子見到單靈這樣說話，隨即看向單靈，厲聲的喝斥道：「讓你們單獨修煉，是帝國給你們的恩賜，妳怎的如此挑剔？」

江一木對於十三皇子的態度本來就有些憎惡，現在見他喝斥單靈，當即站了出來，說道：「九皇子，祕境試煉在即，我們幾個還有很多修煉的問題要相互切磋，您現在把我們分開，是什麼意思？」

十三皇子本以為靠著自己皇子的身分，完全可以號令江一木等人，可沒想到江一木和單靈居然敢當面頂撞他，一時竟愣在原地。

也就在這個時候，十三皇子身後響起了一個聲音：「你們幾個當面頂撞皇子，該當何罪？」

隨著聲音響起，一名身穿蟒袍的青年走了過來。

見那青年走來，十三皇子立即躬身施禮道：「太子恕罪，是十三弟管教不嚴。」

「太子？」江一木幾人都有些驚愕，北原帝國的太子為什麼會在中原帝國出現？但太子畢竟是太子，幾人也都紛紛低頭施禮道：「不知太子駕到，還請恕罪。」

「你們幾人，為何頂撞十三皇子？」太子見到幾人對自己還算恭敬，語氣也就緩和了一些。

江一木又向前一步，施禮道：「回稟太子，我叫『江一木』，我們幾個是北原帝國選拔出來，參加此次中原帝國祕境試煉的弟子。適才因為這幾日修煉場所的安排與十三皇子有些不同的想法，一時間相互爭辯的聲音過大，吵擾到太子，還請太子恕罪。」

太子聽後，冷哼一聲，說道：「哼！明明是你們頂撞十三皇子在先，還說什麼相互爭辯？你叫『江一木』是吧！還未正式參加試煉，就如此傲慢無禮，我看你是不想參加試煉了嗎？」

江一木聽後，心中斷定十三皇子一定是太子的人，因此太子才這樣出來為十三皇子撐腰。因此便將身子站直，看向太子，說道：「弟子江一木雖然出身北麓武堂，卻是安東帝國人士。既然弟子的行為令您不滿，弟子甘願退出本次試煉。」

「弟子張富也甘願退出本次試煉！」

「弟子單靈也甘願退出本次試煉！」

「弟子海韻兒也甘願退出本次試煉！」

第二章 斬羽

見江一木要退出試煉，張富、單靈和海韻兒也立刻要表示退出試煉；只有二黑不知如何是好，急得在原地搓手跺腳。

太子本想以退出試煉來震懾一下江一木，可沒想到卻被幾人以退出試煉反制，一時間火冒三丈，大喝一聲：「大膽！幾個卑賤草民，你們幾個把試煉當作什麼？想來就來，想走就走！」

「大哥、大哥，幾個練氣期的弟子而已，何必動氣呢？」隨著話聲，二皇子出現在太子身後。

太子見到二皇子，語氣陰沉的問道：「你來做什麼？」

二皇子呵呵笑道：「如此大的聲響，我怎能不出來看看？大哥，事情原委我也知道一二，不就是幾個不知天高地厚的弟子頂撞十三嗎？這樣好了，將他們逐出使館。不過，祕境試煉嘛……他們還是要參加的，畢竟我們已經報名了，臨時再組建一支隊伍也是不可能了，就讓他們以北原民間弟子的身分去參加祕境試煉算了。」

然後湊向太子耳邊，小聲說了句：「幾個修為低下的弟子，讓他們進了祕境，自生自滅去吧！」

聽了二皇子的話，太子也覺得有幾分道理，隨即冷哼了一聲，說道：「哼！這幾個小子就交給你來處理，不要再來煩我。」說完，就轉身離開了這裡。

「遵命，二弟這就將他們逐出領館。」二皇子答應一聲，便轉頭看向江一木幾人，說道：「你們幾個今日就離開領館，但是祕境試煉必須參加。由於你們狂妄自大，帝國將不再給與你們幫助，你們幾個將以北原民間弟子的身分參加祕境試煉，都聽明白了沒有？」

「弟子遵命。」江一木帶頭回答道。

二皇子點了點頭，然後看向前廳的一名侍衛，說道：「靳羽，這幾個小子，你帶他們出去，找個地方讓他們住下。往後幾日你須每日前去點名，督促他們修煉，七日後帶他們回來，由我親自帶上他們前去參加祕境試煉。」

「遵命！」那個叫「靳羽」的侍衛答應之後，冷著臉看向江一木，說道：「走吧！」

江一木也不耽擱，向二皇子施了一禮之後，便帶著眾人，隨著侍衛走出了領館。

出了領館，幾人上了馬車，由侍衛帶著，很快的到了一處驛館。

進了驛館之後，侍衛就好似完全變了個人一樣，熱情的為幾人安排好房間和修煉的靜室之後，又交代江一木，這裡雖然可以隨便出入，但是每天上午都必須在店內，因為他要過來點名，其他時間，幾人可以隨意安排。另外，在這裡的一切開銷，江一木他們都不用操心，儘管安心住下即可。

交代完畢，那人就要離開，但是江一木實在有些不明白這是怎麼回事，便叫住那人詢問：「請靳將軍留步，我想請問一下，您為何對我們如此熱情？」

侍衛笑著看了看江一木，又拍了拍他的肩膀，說道：「當差的呢！就要會聽話，這很關鍵。二皇子是什麼意思？這我要是領會不好，那也不用在這裡待著了。」說完便轉身又要離開。

江一木連忙又將他叫住，並且送上一枚鑄魂玄丹。靳羽本來還想謙讓一番，但見到竟然是玄丹，直接就伸手接了過來，連聲「多謝」之後，又送給江一木一個玉簡，說道：「這是中原京城的商鋪地圖，你們初來乍到，想來這東西對你們也能有些用處。」

送走了靳羽，江一木手中把玩著那枚玉簡，嘴角微微上揚。

「這玉簡送我吧！」海韻兒在一旁笑著問向江一木。

「唷！妳不玩命修煉了，這是要採購去？」江一木笑著問道。

「單靈，妳去不去？我倆一起呀！」海韻兒也不理睬江一木，又問向單靈。

而單靈則是看向江一木，徵求意見。

江一木笑了笑，說道：「那妳們就一起去吧！不過別跑得太遠，儘早回來。」說完就將玉簡放在額頭，將裡面的內容複製下來之後，遞給了海韻兒，又給了她倆每人一百斤上品靈晶。然後轉頭看向張富和二黑，笑著說道：「你倆就別走了，跟我去靜室，我有事要跟你們商量。」

帶著張富和二黑進到靜室，江一木先拿出二皇子給的玉簡閱讀起來，沒想到那枚玉簡裡面，居然記錄了二皇子上一次進入祕境裡大部分的情況。

十年前，未滿十六歲的二皇子接到皇室發下的任務，要帶著幾名從全國選拔的年輕弟子參加這邊的祕境試煉。

起初出發時，他還算意氣風發，但是到了那邊，卻發現中原帝國參賽弟子的修為，最低都是練脈四層；而他這邊，他身為修為最高之人，也就只有練脈四層而已。

知道了這些，他已經失去了大部分信心，再加上聽說在祕境之中，危機重重，每次參與的各國弟子都會有大部分隊員喪命其中，他便萌生了退意。但皇命不可違，他也只能硬著頭皮，帶著幾名弟子參加試煉。

試煉當天，身上所有私人物品都不能攜帶，換上統一的參賽服，幾人一同進入了祕境。可進入祕境才三天，就在一個山洞之中遇上了一個強大的陰魂，經過一番搏鬥，雖然他逃了出來，卻損失了兩名隊友。

此後，他們商議決定，不再去尋找凝魂果，而是找了一處山崖下面的小小岩洞躲了進去，打算待在那裡，一直等到祕境試煉結束之後，安全的被傳送出去。

但是就在祕境試煉即將結束的前幾天，整個祕境都開始搖晃，他們幾人藏身的那個山崖也在搖晃之下坍塌了大半，他們幾人也就掉到了山崖下面。

不過逃了出來的他們卻是很意外的發現，天空之中有很多凝魂果正在他們頭頂飛來飛去。這個發現，讓幾人興奮起來，連忙從崖下的亂石之中跳了出來，開始捕捉那些凝魂果。

在幾人三天三夜的追逐之下，他們三人竟然追到了五顆凝魂果！

但是，後來意外遇到中原帝國的弟子，那群中原帝國的弟子憑藉他們修為的優勢，不僅搶走了所有的凝魂果，還將他另外兩名隊友打成重傷。

至於為什麼沒有向他動手，完全是因為那幾人還算顧及他這個北原帝國二皇子的身分；但站在那裡被那幾人搜身的恥辱，卻讓他始終不能忘懷，並且羞於再回北原帝國。因此就自願陪著太子，留在了中原帝國，作為北原帝國永不侵犯中原帝國的保證，說白了就是人質，這一留就是十年。

看完了這枚玉簡上的所有內容，江一木感到釋然。怪不得二皇子今天見到自己這邊的真實修為之後，顯得很是興奮，看樣子他是想報當年祕境的羞辱之仇啊！

不過他跟太子到底有什麼樣的利害關係？

「算了，先解決祕境的問題再說。」江一木心中決定，無論如何，這次祕境之行，不僅要得到幾枚凝魂果，最好還能把二皇子的仇一併報了。

然後江一木睜開眼睛，看向張富和二黑，說道：「今晚開始，我們幾個聚在一起演練五靈行軍陣，一定要在進入祕境之前，將那個大陣掌握得爛熟於胸。」

然後又看向二黑，說道：「明天開始，我和張富也出去逛逛，你就別跟我們走了，但是也別在這裡待著。我們走後，你就在這附近隨便走走，如過有十三皇子的人找你問起我們都在做什麼，你就說，因為今日你沒跟我們一起表示要退出祕境試煉，我們都孤立你了。

現在我們四個白天出去閒逛的目的，是去挑選地點，將來要在這邊也開一家丹符鋪，晚上我們都會回到這裡一起研究一種群攻陣法。至於陣法的具體內容，你不知道，是因為我們都孤立你了。哦！還有，今天那個叫『靳羽』的侍衛對待我們的態度和說的那些話，你也可以一字不落的學給他們聽。」

「嗯！聽你的。不過十三皇子明天真的會派人來找我嗎？」二黑雖然答應了下來，但看著還是很猶豫。

「我覺得能。總之，就這樣做吧！」江一木拍了拍二黑，以示鼓勵。

當晚，單靈跟海韻兒興高采烈的回到驛站，江一木幾人也都饒有興致的出來參觀兩人的採購成果。

除了兩人給自己買的首飾和衣服之外，海韻兒又取出了五套颯爽的獵裝分發給大家。一邊分著，一邊還念叨著：「十三皇子大老遠的把我們送來，連一套正經的參賽服裝都沒準備。我跟單靈給大家都訂作了一套，來吧！都穿上，我們不能還沒參賽就丟了威風。」

「嘿……還真挺不錯。」江一木換上新裝後，連連稱讚。

「不止這些，還有呢！」海韻兒說著，又取出了三柄長刀和兩把硬弓，哈哈笑著說道：「這些兵器都背上，看著更威武一些。」

「這也沒用啊！」張富手裡擺弄著長刀說著。

「有用沒用，背上便是。到時候我們穿著整齊的服裝，每人騎著一匹駿馬，背上長刀和硬弓，我看誰敢小瞧我們。」海韻兒驕傲的說著。

「會不會太高調了？」張富問向江一木。

「哈哈……大家高興就好。」江一木倒是顯得無所謂，然後又看向單靈，問道：「妳們一天就買了這些？」

單靈看著江一木，笑著說道：「買這些東西都是次要的，我倆主要逛了幾家丹符店，把裡面丹藥和符籙的價格總結了一下，都在這裡了。」說完，便拿出一只玉簡，遞給了江一木。

江一木笑著接過玉簡，誇讚道：「嗯！不錯，總算幹了點正經事。」說完便把玉簡放在額頭之上閱讀起來，兩個呼吸之後，放下玉簡，笑著說道：「這邊行情跟我們那邊差不多，只不過品種要多很多，妳們還見到什麼稀奇的東西沒有？」

「一木哥，你的飛舟不是送鐵頭豹子了嗎？這邊有一家飛舟店鋪，規模很大，不過我倆沒進去。外面守門的人說，要繳納一千斤上品靈晶的保證金才讓進。」單靈看著有點委屈。

江一木哈哈笑著說道：「正常，飛舟那種東西，店鋪門檻設得高些，倒也沒什麼毛病。哦！這幾天妳們也不要去那種地方，太惹眼，至於其他方面，妳們隨意。」

然後又看了看大家，說道：「往後的幾天，白天點完名之後，大家隨意行動；晚上回來，我們一起演練五靈行軍陣，那個陣法到了祕境之中非常有用。」

此後的幾天，江一木幾人白天出去吃喝玩樂，晚上回到驛館模擬演練五靈行軍陣。直到第六日上午，靳羽到來，又送來了二皇子的玉簡，江一木閱讀完玉簡之後，驚出了一身冷汗。

原來這個玉簡上除了介紹了一些這次祕境試煉的注意事項之外，還重點強調了十三皇子送了中原帝國相關人員三顆洗髓丹，要求他們的參賽隊伍在祕境之中將江一木他們全部除掉；不僅如此，就連安東帝國的隊伍也會針對他們。

最後就是各個參賽隊伍隊員的公開修為——安東帝國練脈三層三人、練脈四層兩人，西域帝國和南嶺帝國都是練脈三層四人、練脈四層一人，中原帝國練脈四層兩人、練脈五層三人，至於北原帝國申報的是練脈三層兩人、練脈四層三人。

閱讀完這些內容，江一木心情很是複雜，至於中原帝國針不針對他們，他倒是不太在意。讓他感到不能接受的是，安東帝國居然也要對他們不利，畢竟自己的家族在安東帝國，這樣的話……

「唉……但願他們別主動招惹我們。」江一木念叨一聲，便將玉簡收了起來，隨後將幾人都召集到靜室之中。

江一木看了看幾人，說道：「剛才二皇子捎來了消息，明日我們去參加試煉時，都要換上統一的參賽服，自己的東西都不能帶。重點是比較他們之前的規則，這次還多了一項，連專用的儲物袋都沒有。」

「啊！一木哥，這點你吃虧了呀！你是符修嘛！這樣的話，就不能提前製作大量符籙了呀！」單靈忿忿的說道。

「嗯！看上去，這條似乎是在針對我。不過沒關係，妳放心吧！」江一木因為有小妖界這個體內空間，所以對於這點很不在意。

「哦！還有一點，這個祕境裡面很是凶險，有著大量的遠古冤魂和一些迷境，因此在裡面並不禁止參賽弟子相互殘殺。」

江一木這些話雖然說得平靜，但是二黑卻緊張了起來。他很想問問江一木有什麼保命的手段，但是看到海韻兒那戰意滿滿的眼神，只是張了張嘴，將那些話都嚥了回去。

江一木見到二黑的樣子，笑了笑，問道：「這兩天，十三皇子派人找過你嗎？」

二黑點了點頭，說道：「找過，就是問一些我們這些天都做什麼，我就按你說的告訴他們。昨日他們還要我在祕境試煉之時沿途做出一些標記，我沒答應他們。」

「嗯！很好，這樣才真實。」江一木拍了拍二黑，並且誇了一句。

「十三皇子到底什麼意思？」二黑又問道。

單靈在一旁說道：「以前是他帶隊，我們若是弄到個好的成績，他面上還有光，也能在皇室積攢些功績；現在帶隊權給了二皇子，如若我們在祕境之中有了什麼成績，就跟他沒關係了，所以他巴不得我們輸得很慘。」

江一木呵呵笑了兩聲，補充道：「不止這些，他還送給中原帝國相關人員三顆洗髓丹。」然後看了看二黑，說道：「就是之前他從你手中搶走的那顆丹藥和從我這兒強行買走的兩顆。他們想在祕境之中，讓中原帝國的隊伍將我們全部除掉。」

「什麼！他也太狠了吧！」

「不是真的吧！連我也要殺？」

海韻兒和二黑都覺得有些難以置信，張富和單靈卻沒有什麼反應。

海韻兒鄙視的看著二黑，嘲笑道：「你當你在他的眼裡是個什麼？」

「哎！韻兒，不要這麼說。」江一木沒有讓海韻兒繼續再說下去，然後看向二黑，說道：「這回祕境之行雖然凶險，但我不僅要我們一個不少的全部出來，還定然要有所收穫，所以你一定要相信我們所有人。」

二黑點了點頭，問道：「一木，你知道他們都是什麼修為嗎？」

江一木笑了笑，說道：「安東帝國練脈三層三人、練脈四層兩人，西域帝國和南嶺帝國都是練脈三層四人、練脈四層一人，中原帝國練脈四層兩人、練脈五層三人，至於我們北原帝國申報的是練脈三層兩人、練脈四層三人。」

「那中原帝國的戰力是比我們高上一點，其他幾國的隊伍，我們都有一戰之力。」二黑聽後，顯得有了點信心。

江一木笑了笑，也沒再對二黑解釋什麼，而是看向其他幾人，說道：「今日大家都好好休息，明日一早，我再給你們手心繪製一道隱魂符。」

「那我呢？」二黑又問了一句。

「你不需要。」海韻兒呵呵笑著說道。

次日一早，讓江一木意外的是，二皇子親自騎著靈馬，帶著馬車來到驛站。

江一木幾人早早的都已準備完畢，他不僅為除了二黑之外的所有人都繪製了隱魂符，還給了單靈和二黑各一匹靈馬。

見到二皇子親自過來，江一木迎出驛站之後，表示他們幾人要騎著靈馬前去試煉之地。

二皇子見到他們幾個整齊的服裝和背後的武器，誇讚道：「很有氣勢，希望你們這次能所向披靡。」

幾人騎著靈馬來到城外的祕境入口，二皇子派了靳羽前去辦理報到手續，然後來到江一木身邊，語氣凝重的說道：「一木老弟，你們這次祕境之行，對於我來說意義重大。前日，我當著太子的面，把你們的帶隊權拿了過來，基本上算是孤注一擲了。你們若是能夠擊敗中原帝國的隊伍，我就可以不再待在這裡，順利回國；但若是你們在裡面不幸被他們剿滅的話，我可能一輩子都走不了了。因此來說，這回你們祕境之行的成果，可以說跟我緊密相關。」

「至於這麼嚴重？」江一木有些吃驚。

二皇子點了點頭，繼續說道：「上回我參加祕境試煉之時還很年輕，不通世事，幼稚的以為留在那時候很關心我的太子身邊是一種解脫。誰知道，隨著年齡增長，太子對我的態度越來越是冷漠，以至於現在他為了把我留在這邊，自己回到北原，時常陷害於我。唉……不過，話又說回來，畢竟我跟他不是一個生母，他這樣做，似乎也沒什麼錯誤。

可我很想回去呀！本來我已經放棄了希望，但是老九此前來信，說你們要來參加祕境，讓我把帶隊權爭奪過來。我還當他是小孩子想法，不知深淺；現在看來，他能交下你這個朋友，還真的是一份大機緣啊！」

說到這裡，又看了看江一木，說道：「你知道，我們周邊四國為什麼都要把太子派過來作為人質嗎？中原帝國擁有數十名結丹後期的大修為者，和一些超越結丹期的隱密力量，這些就是威懾！

而要想從結丹中期進入結丹後期，凝魂果可以說是必備之物。有了大量的凝魂果，就能快速擴張並凝練魂海，繼而才能夠有把握分丹化體，進入結丹後期。」

「嗯！懂了。」江一木點點頭，然後說道：「這也幸虧我們幾個之前隱藏了修為，倘若不然，十三皇子斷不可能將帶隊權讓出來。」

「機緣，這就是機緣。」二皇子臉上露出了一絲得意的笑容。

這時靳羽走了回來，稟告：「二皇子，祕境的報到手續已經辦完，一個時辰之後，祕境正式開啟。」

二皇子點了點頭，看向江一木，說道：「行了，就看你們的了。跟靳羽過去換裝參賽吧！」

江一木等人辭別了二皇子，跟著靳羽換完服裝，寄存好隨身的儲物袋和育獸袋，便走到祕境的入口之處，盤膝打坐，靜待祕境試煉開始。

一個時辰之後，祕境入口處出現一道光門。中原帝國的五名弟子率先走了進去，然後是安東帝國的五名弟子，江一木他們隨後也走了進去。

進到光門之後，除了江一木，其他幾人都感到一陣眩暈；而江一木則因為經常進出小妖界，不僅沒有感到絲毫不適，反而還在通過光門的瞬息就感應到大量的符紋，並且極其快速的將全部的符紋都儲存到了魂海之中。

出了光門，幾人站在一塊青石之上，灰濛濛的天空讓這裡顯得十分陰森。

江一木看了看幾名隊友，低聲說了一聲：「布陣。」隨即幾人便紛紛走位，五靈行軍陣也立刻形成。

五靈行軍陣真正形成，跟幾人之前演練之時還真出現了一些不同。此時大陣雖然能夠將參與大陣之人觀察到的情況與眾人分享，還能自主的吸收周圍的天地靈氣。但是這裡的天地靈氣顯然雜亂得很，靈氣、陰氣，甚至還有亡靈之氣。

這些雜亂的氣息在外面還好，但是過多的吸入陣內，讓除了江一木之外的幾人全部感覺不適；但若是不吸收這些雜亂的靈氣，大陣的維繫就要依靠幾人的體內靈氣，那樣的話，這個大陣就會成為幾人的累贅。

考慮再三，江一木決定，嘗試著將大陣之內的那些陰氣和亡靈之氣全部吸進小妖界暫時儲存起來。可怎麼能只吸收陰氣和亡靈之氣，而讓靈氣留在大陣之中，這讓江一木有些頭痛。隨著他考慮這個問題，他的魂海卻神奇的開始慢慢吸收起這裡的那些陰氣和亡靈之氣。

「這是怎麼回事？」江一木大驚，本想讓魂海停下，但是考慮到，既然是魂海的主動行為，那自然有魂海的道理，便放任魂海吸收起來。

一個時辰之後，江一木帶著幾人小心的行進了十幾里的路程，再去觀察魂海。發現魂海除了似乎呈現出那麼一點點幽藍的顏色之外，也沒有什麼不同，便不再擔心魂海，隨即加快了行進的速度。

又過了十幾個時辰，由於五靈行軍陣的加持，再加上目的明確，幾人很快便找到了二皇子之前遇到強大陰魂的那個山洞。

進洞之前，江一木提醒大家注意戒備，準備戰鬥，然後就帶著幾人小心的進入山洞之中。

讓江一木意外的是，雖然洞中陰氣森森，但僅僅用了兩個時辰，就很順利的從山洞的另一側出口走了出來，這期間連半個陰魂也沒見到。

「那個陰魂搬家了？」江一木有點疑惑，但是回身又看了看山洞中濃郁的陰氣，江一木斷定，那陰魂一定還是躲藏在裡面，料想應該是見到他們有大陣護體，才沒敢出來招惹他們。

「既然這樣的話，那我就吸乾這裡的陰氣。」

江一木打定主意，又帶著眾人回到了洞內，尋了一處位置極佳的所在，就開始快速的吸收這裡的陰氣和亡靈之氣。其他幾人也沒閒著，其餘的純淨靈氣剛好可以被他們吸收，轉化成自身的屬性靈氣。

幾個時辰之後，這個山洞中的各種靈氣、陰氣、亡靈之氣已經被他們幾人吸收過半，江一木也終於發現了洞中的陰魂，不過不是一個，而是五個！

那五個陰魂此時正在山洞頂端，貼著洞頂，慢慢的靠向他們，看樣子這五個陰魂打算分別偷襲江一木五人。

幸虧我的魂海足夠強大，倘若不然，即使是有這座五靈行軍陣，也很難避免被這五個陰魂偷襲。

江一木在心中慶幸之餘，已經做好了使用魂海中的靈魂小箭對付它們的打算。不過為了不使其他人驚慌，他並沒有將這幾個陰魂靠近這邊的訊息分享出去，而是將自己的神識分成五份，牢牢的鎖定住那幾個陰魂。

那五個陰魂也是極有耐心，直到都爬到了幾人頭頂之上，也沒有馬上行動，而是就趴在洞頂，等候時機。

江一木見它們如此小心，當下便加快了大陣吸收周圍渾濁靈氣的速度。一時間，周圍大量的渾濁靈氣便向大陣之中瘋狂的湧了進來，而那幾個陰魂也因為大陣的吸力，慢慢的被拉向大陣。

但也是因為渾濁靈氣突然大量湧入，其他幾人都以為出現了什麼變故，精神上也都為之一滯，五靈行軍陣也出現了那麼一瞬間的卡頓。那五個陰魂本來就因為這座大陣的吸力想要搏上一搏，現在見到大陣突然出現停頓，隨即都猛然間齊刷刷的向著陣中的幾人衝了過去。

第三章 喚靈號角骨符

江一木早有準備，八支靈魂小箭及時射出。四個衝向其他四人的陰魂當即被射成點點星光，被吸入陣中，而襲擊江一木的那個陰魂則是進入了江一木的魂海。

江一木原來的想法是把這個陰魂引進魂海，以強大的魂海之力將它鎮壓以後，吸收完整的亡靈之力。但是意外總是來得那麼突然，那個陰魂剛一衝進江一木的魂海，枯木和吞天兩位大神就哇呀呀的閃現出來，一人一半的將那個陰魂撕裂開來，招呼也不打一聲的，就吸收進了牠們自己體內。

「過分了啊！」江一木看著此時身軀已經過丈的兩位大神，十分的氣憤。

「好東西呀！臭小子，你太浪費了。盯了你半天，那四個陰魂怎麼只弄進來一個？整個吸收才最為大補啊！」枯木大神吃了江一木辛辛苦苦捉來的獵物，不僅沒有感激，反而還埋怨起來。

「這就不錯了，好不容易捉到一個，還讓你們給吃了。」江一木惱火的說道。

「小子，你之前不是修煉過一個捕捉靈魂的功法嗎？你怎麼不用？」吞天在一旁很是不解的問道。

江一木聽後，皺著眉說道：「啊！可以用嗎？那個功法是捉人的靈魂用來吸食修煉的，我覺得太邪惡，就沒往心裡去。再說了，剛才那個算是靈魂嗎？」

「邪惡，什麼算邪惡？殺人算不算邪惡？殺妖獸提取材料算不算邪惡？吸食妖獸靈魂算不算邪惡？你小子還是經歷得太少了。」吞天不屑的說完，便拍著肚子，優閒的退了回去。

「啊……好像很有道理。」江一木感嘆一聲，便也退出魂海。

此時五靈行軍陣也恢復了正常，江一木一邊控制大陣仍舊吸收這裡的陰氣和亡靈之氣，一邊將精神力進入小妖界之中，找到了那只使用牛角製成的號角，把玩了兩下，便在上面繪製起符紋。一炷香之後，這個遍布符紋的號角已經成為真正的木系喚靈號角骨符。

有了這個喚靈骨符，江一木又將那個捕捉靈魂的功法演練了幾遍，精神力便退出了小妖界，專心的和大家一起依靠五靈行軍陣，吸收靈氣、陰氣和亡靈之氣。

五、六個時辰之後，山洞中的混亂靈氣已經很是稀薄，江一木便帶著大家走出了山洞，繼續前進。

江一木本想去二皇子後來藏身的那座山崖，但當他們從一座山頂走過之時，看著山腳下的濃郁陰氣，讓江一木產生了過去捕捉陰靈的想法。跟幾人商量之後，便帶著幾人向著山下那片陰氣走了過去。

一向謹慎的江一木並沒有直接進入那片陰氣，而是帶著大家在山腰停了下來，悄悄的祭出那個號角骨符，使用體內木系靈氣將它催動起來；然後又將很少的靈魂之力附著於那個號角骨符發出的音波之上，向著那片陰氣發出陣陣音波。

隨著音波侵入，原本平靜的那片陰氣立刻躁動起來。只是幾息的工夫，那片陰氣便形成了數道高達數丈的陰氣巨浪，向著江一木這邊撲了過來。

哎呀！這麼猛？江一木心中驚呼一聲，隨即加大了附著在音波之上的靈魂之力，向著那些陰氣巨浪對撞了過去。

隨著嗡嗡嗡的聲響，音波與陰氣劇烈的碰撞到一起，陰氣巨浪之中隨即發出

「吱哇吱哇」的哀號之聲。一炷香的工夫過後，那些陰氣巨浪終於慢慢的回歸平靜。

江一木便又依照那部功法，將大量的靈魂之力變成絲狀放射出去，在陰氣之中到處捕捉那些被他擊潰的陰魂。很快的，大大小小十幾個陰魂便被江一木捉到魂海之中。

這次有了準備的江一木並沒有讓那兩位大神搶走全部的陰魂，而是將一半的陰魂分給了牠們，剩下的一半陰魂，他則是讓自己的魂海慢慢吸收。

就這樣，一路之上，江一木每見到一處陰氣濃厚之地，就依靠五靈行軍陣湊了過去，將裡面的陰魂捉進魂海讓兩位大神吸收；至於剩下的那些陰氣，因為吸收起來太過於浪費時間，便留了下來，也許還能滋養這裡的遊魂。

就這樣走走停停，也不知道過了幾天，終於到了二皇子玉簡中記述的那座坍塌的山崖。

江一木本想在這裡尋找一些凝魂果的線索，但是意外的碰見正在與幾個陰魂纏鬥的中原帝國弟子。

意外的見到那幾名弟子與陰魂纏鬥，江一木立刻就來了興致，當下便與幾名隊友保持陣形，站在一處高地，大大方方的觀戰起來。

只見中原帝國的五名弟子清一色的火系體質，火系功法，面對裹挾著大量陰氣攻擊的陰魂，他們也用不著什麼高級的術法，只是以火牆防守、火球進攻，以求用數量眾多的火球燒掉陰魂的陰氣。

但畢竟這裡到處都是陰氣，那些陰魂雖然戰鬥力遠不及他們幾人，不過陰氣可以源源不斷的補充，這樣一來，兩方面就戰成了勢均力敵的局面。

「喂！要幫忙嗎？」江一木看著看著，突然對那邊中原帝國的五名弟子大喊了一聲。

「你要幫助他們？他們不是要在這裡殺了我們嗎？」海韻兒表示很不能理解。

「哈哈……我就是說說，妳覺得他們可能信得過我們嗎？」江一木笑著回答。

那邊中原帝國的幾名弟子見到江一木不僅堂而皇之的站在一旁看戲，甚至還不自量力的嚷著問他們需不需要幫助，心中不免憤怒起來。但是強敵在前，他們也不抽不開身過去教訓江一木，便都不再保存實力，而是都用上了中級術法，一層一層的強大火浪激發出來，很快的將那些陰魂撲得四散奔逃。

江一木見到他們幾人將那些陰魂擊退，笑著叫了聲：「好！」之後，便轉身看了看己方幾人，帶著意猶未盡的語氣說道：「完事了，我們走吧！」

「站住！」中原帝國為首的那名弟子見到江一木他們看完熱鬧就想走人，當即怒喝了一句，隨後帶著隊友，向著江一木這邊走了過來，問道：「你們就是北原的幾個小子吧！膽子不小，見到我們，居然不跑？」

「為什麼要跑？」江一木笑著問道。

對面中原帝國那名弟子見到江一木的表情，本想直接招呼身後的隊員一擁而上，將江一木暴揍一頓。可是突然想到，這幾人既然敢這樣跟他說話，不是傻子就是真的有些本事；能代表他們帝國來參加祕境的，自然就不會是傻子，那就很有可能真有本事。

隨即壓制住自己心中的暴躁情緒，用手指著江一木，問道：「你們到底什麼修為？」

江一木雖然被他指著，但仍然笑著說道：「我們從練脈四層到練脈八層，怎麼樣？挺意外的吧！」

「練脈八層？」那名中原帝國的弟子雖然不太信江一木的話，但氣勢顯然弱了下來。隨後抱著胳膊站在那裡，看著江一木，仔細的打量了老半天後，問道：「你們十三皇子到底什麼意思？」

江一木呵呵笑了兩聲，不屑的說道：「他呀！估計是我們那位太子指使的，想讓我們在這裡拚個兩敗俱傷，他好趁著兩國矛盾留下二皇子，自己回國。不過，他對我們的真實實力低估了太多。」

見到對方還是不相信自己的話，江一木又說道：「不相信我們的實力吧！那就不相信好了。不過，我不想跟你們鬥，當然更不願意你們招惹我們。你們走吧！我們要在這裡逗留幾天。」

「你說什麼？讓我們走？你們真的覺得自己有這個實力？」中原帝國的那名弟子漸漸有些怒不可遏了。

「哦！我們有沒有這個實力？」江一木剛說到這裡，突然發現中原帝國的隊員身後飄過來數團既大又濃重的陰氣，於是看了看他們，說道：「我覺得你們還是先躲到我們身後，似乎會好上一些。」

「什麼！讓我們……」中原帝國那名弟子剛說到這裡，也覺得身後陰風習習。轉頭看了過去之後，大驚失色之下，連忙喊道：「撤！」隨即便帶著幾名隊友飛快的向遠處逃走。

看著中原帝國的弟子逃走，已經有了大量捕捉陰魂經驗的江一木並不驚慌，當下要求眾人將大陣轉為布防模式。待到大陣穩定運行之時，前面的陰氣也已經撲到大陣前面。

就在這個時候，江一木祭出了喚靈號角骨符，開始釋放出附帶著大量靈魂之力的強勁音波。

隨著音波與第一團陰氣碰撞到一起，那團陰氣中的弱小陰魂被盡數摧毀，化作點點星光；強大一些的陰魂則都被擊暈，而後都被江一木的靈魂絲條拉進了魂海。

江一木如法炮製，後面所有陰氣中的陰魂都被他摧毀或者捉了起來，僅僅半個時辰，所有陰魂全部剿滅。

考慮到現在籠罩大陣的陰氣之中還散落著大量的亡靈之氣，江一木便又開始將這些陰氣吸進魂海之中，讓魂海隨意吸納。

十幾個時辰之後，陰氣被吸收得一乾二淨。此時再去觀察魂海，整個魂海不僅透著很明顯的幽藍之色，而且他之前人為干預的那顆五行星球周圍，還出現了一層幽藍色的氣膜，不僅如此，那層氣膜還在慢慢的吸收周圍的幽藍氣息。

隨著那層氣膜漸漸變厚，整個五行星球也顯得益發神祕，就好似已經有了生命跡象，即將活過來一般。

「這些陰魂和陰氣雖然不能擴大魂海的範圍，但是似乎能夠提升魂海的品質？」江一木嘟囔了一句之後，便將精神力從魂海中退了出來。

「你們感覺怎麼樣？」江一木問向幾名隊友。

「挺好，感覺魂海有些擴張了。」張富回答得很直接。

單靈疑惑的看向江一木，問道：「一木哥，那些點點光芒是什麼呀？張富哥說是好東西，我們也都吸收了一些，我也感覺我的魂海擴張了很多。」

江一木想了想，還是不告訴單靈那是亡魂之力好一些，隨即說道：「那是這裡特有的……呃……一種特有的力量，你們就儘管吸收好了。」

「一木哥，那些人要不趕走？」海韻兒指著站在遠處的中原帝國幾名弟子，問道。

「不管他們，我們走吧！」江一木毫不在乎的說完，就帶著幾人向著前方走去。

只是並沒有走出多遠，迎面就遇上了安東帝國的幾名弟子。不過讓江一木意外的是，那幾名弟子不僅沒過來找他們的麻煩，反而掉頭就跑。

「他們這麼怕我們？」單靈好奇的問道。

「哈哈……他們可不是怕我們，估計是發現了跟在我們身後的那些傢伙。」

江一木看著那邊狼狽逃竄的幾人，頗覺得好笑。

海韻兒看了看一直跟在己方身後的中原帝國幾人，問道：「要不要把他們趕走？」

「不必，他們不來招惹我們，我們就只管自己走路便是。」

江一木話音剛落，就從安東帝國幾人逃跑的方向傳來了陣陣爆炸之聲。

「走！我們過去看看。」江一木也不猶豫，帶領著隊友就直接衝了過去。

在五靈行軍陣的加持下，幾人很快就趕到了正在發生激戰的位置。不出江一木所料，那幾個安東帝國的弟子正被一群裹挾著大量陰氣的陰魂攻擊。

「這陰氣好黑啊！」二黑驚呼一聲。

「還越來越多。」張富也感到有些蹊蹺。

江一木觀察了一會兒，說道：「從地下冒出來的陰氣，看樣子，似乎是一個陰魂的老巢。我們過去幫一把，把人救出即可，快去快回。」江一木說完就要帶領隊友衝過去救人。

「且慢！」

江一木身後傳來中原帝國弟子的聲音，轉身看去，中原帝國的幾名弟子也正在快速的奔向這邊。

待到那邊幾人來到近前，江一木抱拳，直接問道：「幾位為何阻攔我等前去救人？」

中原帝國為首之人定住身形，也抱拳還禮，說道：「我是中原帝國三十九皇子，你不必多禮，今日我願意交你這個朋友，你就叫我『殷明』好了。」

說到這裡，自稱「三十九皇子」的殷明指了指前面那片陰氣，說道：「這個祕境之中的凝魂果樹每次都不會在固定地點出現，但是每次出現的地方都會提前從地下冒出大量陰氣，當然了，也會同時出現很多強大的陰魂。那些陰魂對於凝魂果的渴望程度不亞於我們，因此每當凝魂果樹出世之時，它們就會聚到一起，瘋狂的爭奪凝魂果實。」

「為什麼告訴我這個？」江一木有些不解。

殷明招了招手，示意江一木不要著急，隨後又說道：「以往，我們實力太弱，根本無法與它們正面搏鬥，只能遠遠的等待樹上的凝魂果自行飛出，從周邊爭奪那些果實，這次嘛……」

然後看向江一木，帶著一臉賞識的表情，說道：「我見你們幾位實力的確不俗，似乎還有專門對付那些陰魂的手段。所以我想，我們幾個聯手，待凝魂果樹從地下升起之時，我們一擁而上，直接從樹上搶奪凝魂果。」

「行！」江一木答應得很乾脆，隨後又說了一句：「你等一下，我們幾個先去把那些安東帝國的弟子營救回來，然後再細細商議。」

隨即便招呼己方隊友，在五靈行軍陣的加持下，向著那片陰氣衝了過去。

因為那片陰氣實在過於濃厚，江一木並沒有直接衝進陰氣之中，而是在周邊以二黑的火系術法為攻擊手段，對著那片陰氣發射出大量的火球。

本來按照二黑練脈三層的修為發出的術法火球，對於那些陰氣來說並不會造成多大威脅，但現在有了五靈行軍陣的加持，二黑的術法火球威力增強了數十倍有餘。

那些術法火球與陰氣碰撞之後，連續的巨大爆炸聲響徹整個祕境，與此同時，也將陰氣中的陰魂炸得傷亡無數。

見到炸散了陰氣中的陰魂，江一木果斷的大喝一聲：「撤退！」便帶著隊友立刻撤了回來。

見到江一木幾人這波快攻快退，中原帝國的三十九皇子殷明帶著他的隊友走到江一木等人近前，抱拳說道：「這位兄弟，好手段呀！我要是沒看錯的話，你們幾位剛才用的可是傳說中的五靈行軍陣？」

「啊！你見過此陣？」江一木很是驚訝的看向殷明。

「嗟！我們中原大國的底蘊豈是你們這些……」殷明說到這裡，突然意識到，現在面對的可是一個有著真材實料的少年天才，隨即乾咳了兩聲，抬頭看了看天空，然後低著頭說道：「之前曾經聽我的授業恩師講解過此陣。」

江一木見到殷明的態度轉變，也是覺得好笑，隨即抱拳說道：「不錯，這就是我們北原帝國特有的五靈行軍陣。三十九皇子的確眼光不凡，佩服、佩服！」

殷明見到江一木這話講得非常的中聽，便笑著擺了擺手以示謙遜，但又搖了搖頭，指向剛才江一木擊潰陰氣的地方，很是惋惜的說道：「兄弟，你看看那邊。」

江一木隨著他的手指看去，只見原本被擊散的陰氣已經重新聚攏起來，並且從地面之下冒出來的陰氣也有如井噴一般，直衝半空。

「看見了吧！」殷明的語氣很是無奈，然後又看向江一木，說道：「原本要到凝魂果樹完全從地下出世之時才會現身的頂尖陰魂，現在被你們驚擾得提前冒出來了，這下可難辦囉！」

「它們為什麼不過來攻擊我們？」江一木問道。

殷明聽後，笑著說道：「守著果樹呢！因此，等下我們衝過去跟它們爭奪樹上的凝魂果時，一定要見好就收，差不多就跑，否則的話，它們就會一直追殺我們。喂！你們過來。」殷明突然對著已經撤離到遠處的安東帝國幾名弟子喊了一聲。

那幾名弟子相互看了看，似乎在交換意見，隨後就垂頭喪氣的走了過來。待走到距離中原帝國十幾丈的位置，為首之人抱拳施禮，恭敬的說道：「安東帝國丹陽郡丹陽武堂弟子衛洪，拜見中原帝國三十九皇子。」

殷明見對方知道自己的身分，得意的看了看江一木，然後對著衛洪說道：「你們造化了，等下聽我號令，一起攻擊前方的陰魂。其間爾等若是能僥倖得到凝魂果，無論多少，都歸你們自己所有，本皇子絕不窺視。」

「啊！攻擊那些陰魂？」衛洪驚得張大了嘴巴。

「少廢話，做好準備。如若畏險不前，你們一個個都將出不了這裡。」殷明語氣嚴肅。

「謹遵三十九皇子號令！」衛洪答應一聲，便招呼己方弟子做好攻擊準備。然後又看向江一木，抱拳說道：「多謝江師兄適才援救之恩。」

「哦！還知道我？我們十三皇子跟你們說過我吧！」江一木面帶微笑，問道。

衛洪意識到自己說了錯話，急忙抱拳，深施一禮道：「不敢、不敢，還請江師兄恕罪。」

「恕罪，恕什麼罪？」殷明在一旁好奇的問道。

江一木笑了笑，說道：「我們十三皇子也跟他們說了跟你說的差不多的話。」

殷明聽後，哈哈笑了兩聲，而後帶著嘲諷的語氣說道：「嘿……你們這個皇子還真是個人材啊！這要在我們中原帝國，幹了這等有損帝國榮譽的事情，即使是他母后都得被斬首示眾。」

江一木聽後也不生氣，反而搖了搖頭，說道：「其實我本是安東帝國人士，只不過是北原的北麓武堂出身的弟子。」

「啊！」安東帝國的幾名弟子聽到江一木說他原本是安東帝國人士後，都驚訝得喊了出來。

江一木轉頭對那幾人說道：「若非如此，你們當我為什麼要跑過去救援你們？」

「請問您家族在……」

安東帝國幾人本想問問江一木家族在哪裡，想要套套近乎，卻被江一木擺手攔下，示意他們還是做好戰鬥準備。

「你叫江什麼？」殷明又在一旁問道。

江一木抱拳說道：「江一木是也！」

殷明點了點頭，然後對江一木說了句：「我記住你了。」

「一木哥，那邊又來人了。」海韻兒指著遠方，說道。

幾人都隨著海韻兒手指的方向轉頭看去，只見十個身穿統一服裝的弟子正向這邊走來。

殷明見到那些人過來，立刻又來了精神，對著那邊高聲喝道：「喂！你們，過來。」

江一木本以為那邊的弟子也會像安東帝國的弟子一樣乖乖過來，沒想到那邊幾人聽到了殷明的呼喝之聲，居然都站在那裡，動都沒動。

江一木看向殷明，笑著說道：「那邊是西域和南嶺帝國的弟子吧！他們不聽你的召喚呢！」

「蠻夷之地，不懂禮節。」殷明黑著臉回了一句，便也沒有再去理會那邊西域和南嶺兩國的弟子。

「這就完了？」江一木壞笑著繼續問道。

「以往他們被我們傷得最多，不敢接近我們也屬正常。今日也就是凝魂果樹即將出世，否則的話，哼哼……他們一個都別想溜走！」殷明說完，又看了看江一木，突然問了一句：「倘若有一天，我帶兵出征那兩個蠻夷小國，你可願與我並肩作戰？」

第四章

凝魂果樹出世

江一木聽後，心中一驚，但隨即說道：「能與中原帝國三十九皇子並肩作戰，是我的榮幸。只不過兩國征戰這種話，您身為大國皇子，可不要亂講才是。」

殷明點了點頭，注視著前方噴湧而出的大量陰氣，說了一句：「有你這句話，就夠了。出了祕境，我送你一份大禮。」

「大禮，什麼大禮？」江一木懷疑殷明只是隨便說說，便張口問了一句。

殷明見到江一木居然現在就問什麼禮物，嫌棄的轉頭看了一眼江一木，慢悠悠的說道：「到時你就知道了。」隨後轉過頭去，又念叨著：「有些人……真沒意思啊！」

「沒意思？我讓你看點有意思的，你回頭看看。」江一木提醒道。

「哎喲！怎麼回事？」殷明回頭一看，大驚失色。只見身後十幾里外，一大股遮天蔽日的陰氣正向這邊快速的移動過來。

「等下我們正面衝擊那些陰魂，你們兩隊在側面攻擊。」江一木大喝一聲，便帶著隊友衝向那片陰氣。

他們幾個雖然看著衝鋒得滿是激情，但江一木早已經通過五靈行軍陣溝通幾人，行軍陣只防守，不進攻。由他使用祕法攻擊陰氣中的陰魂，其他的隊友只需要吸納那些由他擊潰的點點星光，壯大魂海即可。

有了江一木的指示，幾人衝到陰氣之前就停了下來，將五靈行軍陣轉成布防狀態，開始嚴密防守；江一木則通過號角骨符，向著陰氣之中的陰魂發起一波又一波的攻擊。

附帶著江一木靈魂之力的音波一波又一波的撞向陰氣中的陰魂，大量的亡靈之力被吸入了大陣和江一木的魂海之中。

起先還好，一個時辰之後，大陣之中不僅僅充斥著亡靈之力，就連陰氣也被吸入好多。江一木見狀，連忙將陣中的那些陰氣和亡靈之力也吸入自己的魂海。

但是因為陰氣實在太多，也不能任由那些陰氣到處亂飄，江一木便在魂海的點點星光中挑選了一個比較大的星球，想讓那些陰氣都向那顆星球聚攏。可沒有想到的是，那顆星球居然能將那些陰氣全部裝入其中。

見狀，江一木大喜，隨即將陣中吸進來的陰氣以及亡靈之力都全部引向那裡，任由那顆星球肆意吸收。

三個時辰之後，由於那顆星球吸收了大量的陰氣和亡靈之力，已經呈現出淡淡的灰色。

「變灰了，有什麼作用？」江一木十分好奇那顆星球，很想去感受一下那顆星球有什麼特點。

可就在這時，張富提醒道：「一木，陰氣沒有了。」

「啊！這麼快？」江一木將靈魂之力退出了魂海，再看了看周圍，然後問向張富：「那麼多陰氣和陰魂，這就都消滅了？」

張富笑了笑，說道：「你沒注意嗎？還是陰魂絞殺得多了，暈了頭了？你看那邊。」然後抬手指向原先陰氣噴湧的地方，繼續說道：「它們跟我們並不戀戰，都去那邊了，看樣子還跟那邊的陰魂鬥起來了。」

隨著張富手指的方向看去，只見那邊陰氣翻滾，嘶號聲不斷。

「它們真的自相殘殺起來了？」江一木驚訝的說道。

「都是陰魂，想法很直接的。」剛剛走過來的殷明解釋了一句。

看了看殷明和他的幾名隊友，江一木問道：「剛才沒注意你們。怎麼樣？沒有損傷吧！」

殷明點了點頭，毫不在意的說道：「都是過路的陰魂，我們火系術法一出，都躲開了。」

江一木又看向另一邊安東帝國的幾名弟子，問道：「你們呢？」

安東帝國的幾名弟子立即抱拳道：「無妨，江師兄不必擔心。」

「唷！看那邊。」江一木突然注意到，原本站在遠處的十名西域帝國和南嶺帝國弟子也與大量的陰魂戰到了一起。

「你不過去幫忙救助一下？」殷明在一旁笑著問道。

「非親非故，管他們呢！」江一木回答得很自然。

「這個性好，我喜歡。哈哈哈哈……」殷明笑得很暢快。

「等下你可能會更喜歡我。」江一木指著正向這邊撤過來的十名西域帝國和南嶺帝國弟子，說道。

「什麼意思？」殷明有些不明白了。

江一木笑了笑，說道：「你說他們過來，是尋求我們幫助呢？還是想把那些陰魂引過來，拉我們一起下水？」

「哦！啊……哈哈哈……明白了。你這個朋友，我交定了！」殷明弄明白了江一木的意思之後，暢快的對著自己的隊友大喝一聲：「兄弟們，這回我們打頭陣，一舉幹掉那些不知好歹的蠻子。亮出真本事，莫要讓他人輕看了我們。」言罷，帶著隊友就衝了過去。

江一木這邊也沒怠慢，帶著隊友緊隨其後，也跟了過去。見到兩隊都衝了過去，本來不想與西域和南嶺兩國交惡的安東帝國幾人，也只好跟著兩隊殺了過去。

中原帝國幾人這次衝鋒，很明顯的也使用了一種陣法。他們五人同屬火系體質，使用的也都是火系術法，在那座陣法的作用之下，他們不僅衝鋒速度極快，而且他們施放出來的術法也形同一名結丹期高手的威力。

只見他們施放出來的是一隻體型龐大，展翅足有百丈之巨的火鳳。那隻火鳳先是飛向半空，然後又俯衝下來，直奔西域和南嶺的那些弟子輾壓過去。

僅僅是一擊，那十名弟子就化為灰燼；不僅僅如此，連帶著他們身後的那些裹挾著陰氣的陰魂也被那隻巨型火鳳燒掉大半。

「哇！好猛！」不僅江一木，其餘所有人都驚呼出來。

但是，殷明他們發出那驚人一擊之後，並沒有乘勝追擊被衝散的陰魂，而是對著江一木他們大喊一聲：「我們撤了，剩下的，交給你們了。」話音落下，就立刻轉身向著後方撤了回去。

江一木雖然驚訝，但也沒有遲疑，帶著隊友衝了上去，以陣法加持的火系術法追擊那些四散奔逃的陰魂。

小半個時辰之後，在安東帝國隊伍的幫襯之下，這邊的陰魂已經所剩無幾，江一木便帶著隊友和安東帝國幾人，退回到殷明他們正在休息的位置。

見到殷明幾人正在休息，江一木心想，殷明這些人剛才用出的那個驚人術法，雖然不至於耗費了他們全部的靈力，但也一定是消耗巨大。看樣子，殷明這是在向他炫耀武力啊！

不過那棵凝魂果樹出世在即，他們這個樣子恢復體力實在太慢，隨即便問向殷明：「殷明皇子，你們是否介意進到我們陣中快速恢復體力？」

殷明沒有想到江一木會主動幫助他們恢復體力，現在他們雖然很需要快速將體力恢復過來，但是貿然進入一座威力不明的大陣之中，還是覺得有些不妥；但如果拒絕的話，又顯得自己過於膽小。於是衡量了一下利弊之後，有些不好意思的說道：「江……江一木是吧！你們的好意我很明白，不過，我想讓我方所有人都保持現在的陣形，進到你們陣中，你看……」

「無妨。」

江一木答應得很是痛快，隨即讓己方眾人各自往後退了幾丈，在五靈行軍陣中留出了更大的空間之後，才將殷明他們讓了進來。

此後，江一木控制大陣，引導隊友將大陣吸入的靈氣淨化一番之後，都引向殷明幾人，供他們恢復體力。

其間為了能更快速的吸收能量，還偷偷的使用號角骨符，將遠處的陰魂引過來幾批，將那些陰魂捕捉的捕捉、吸收的吸收，殷明他們也跟著吸收了大量的亡靈之力。

三、四個時辰之後，殷明他們雖然還在吸收能量，但是單靈卻傳來了即將升級的信號。

「這可不行呀！這裡面的靈氣太渾濁了。壓制下來，一定要壓制下來。」江一木連忙勸說單靈不要現在升級，之後便慢慢的將大陣吸收外界靈氣的速度減了下來，直至完全停止，等待殷明幾人自然結束修煉。

一炷香的工夫之後，中原帝國的幾人全部結束修煉，殷明意猶未盡的問向江一木：「剛才除了靈氣，我們還吸收一些好似星光的力量，那是什麼？」

「哦！是這裡特有的一種力量，對吧！一木哥。」單靈在一旁看著江一木，說道。

「呃……對，她說的對。」江一木看著殷明，點著頭回答。

「哦！啊……挺好看的啊！」殷明突然注意到了單靈。

江一木急忙上前攔住了正走向單靈的殷明，說道：「別鬧啊！那邊陰魂越來越多，看樣子凝魂果樹要出世了。」

「哦？」

殷明轉頭看向陰氣聚集的地方，那邊的各路陰魂已經不再相互攻擊，而是裡裡外外分為多層，都在那裡安靜的等待。

「這陣勢……這樣多的陰魂圍在那裡，等著搶奪凝魂果，看來等到凝魂果樹出世之時，我們不衝進去都不行了啊！」殷明念叨了一句，便帶著幾人退出了江一木的大陣，站到了自己的位置。

殷明他們列好陣形不久，地面就搖晃起來，隨之也傳來轟隆隆的巨響。隨著轟隆隆的聲音逐漸變大，地面搖晃得也益發劇烈起來。

殷明見狀，對著江一木興奮的喊道：「凝魂果樹就要出世了！兄弟，這回你們打頭陣，衝開一個口子，我們隨後跟進。」

「啊！原來是這個意思，怪不得你們之前用出了大招。」江一木笑著回答之後，立刻招呼己方幾人做好衝鋒準備，並且慢慢的向著前方移動了數百丈的距離。

很快，隨著地面劇烈震動搖晃，那邊的陰氣下面終於慢慢的冒出來一棵烏黑發亮的巨大樹木。

隨著樹木慢慢升起，附近的陰魂都躁動起來，陰氣也劇烈的翻湧起來。待到那棵黑色巨樹完全從地下升起，樹冠之上也一顆一顆的冒出了黑色果實，那些陰魂一馬當先就衝了上去，開始搶奪。

江一木見到時機成熟，大喝一聲，隨即就帶著隊友衝了過去。在距離大樹幾十丈之時，放出數十道巨大火球，在周邊那些陰魂中間炸了開來。隨著火球爆炸，通往巨樹的方向便出現一條沒有陰氣阻擋的道路。

「衝進去，進到裡面，立刻布防！」江一木大吼一聲，便帶著隊友衝向陰氣最為密集的中間位置，並且快速的將五靈行軍陣轉換成布防狀態。

因為此時那些陰魂都將注意力放在剛剛出世的凝魂果樹上面，因此，江一木他們的大陣布防得相當順利。

待到大陣穩定，江一木便將靈魂絲條延伸向凝魂果樹的頂端，想要乘亂摘下幾枚凝魂果來。但是他意外的在靈魂絲條的感知之下，發現了整棵凝魂果樹居然都是靈魂之體。

也許可以將這棵凝魂果樹整棵搬走？江一木的這個想法，連他自己都覺得危險。因為他們只是偷摘一些凝魂果，那些陰魂可能不會在意他們；但若是要取走整棵凝魂果樹，這裡的陰魂將會全部針對他們。

不過，轉念一想，富貴險中求，既然都到了樹下，就絕對不能浪費了這個機會。

打定主意，江一木將靈魂絲條全部收了回來，隨即都纏繞到凝魂果樹根部的位置，想要將它整棵拔出地面。但是凝魂果樹顯然根基極深，任憑江一木用盡全力，那棵果樹也只是搖晃起來。也正是因為江一木的搖晃，凝魂果樹上的凝魂果漸漸的被搖晃得離開樹冠，向著遠方飛了出去。

「不行呀！這樣下去，凝魂果樹能不能被取走不說，樹上的凝魂果可都要飛走了呀！」

江一木見狀很是頭痛，隨即又想到，凝魂果樹既然是由靈魂體凝聚，那自然就是可以吸收。既然這樣，那就不去拔樹了，轉而通過靈魂絲條，嘗試著將那棵巨樹快速的向著自己的魂海吸收進去。

就在江一木試著吸收凝魂果樹的同時，陣內的幾人也通過五靈行軍陣盡情的分享那些靈魂之力。不過也正因為如此，單靈第一個控制不住自己壓抑的修為，開始提升修為；而後是二黑，再不久，海韻兒也開始了進升修為。

見到幾人紛紛開始提升修為，江一木感覺到了有些危機，因為如果大家都在這個時候提升修為的話，那麼這座五靈行軍陣將會很快的失去平衡，自行垮掉。

「張富兄弟，堅持住啊！你可千萬要挺住。」江一木對著張富大聲喊道。

張富聽到了江一木的囑咐，艱難的回答道：「一木，放心吧！只要我一息尚存，大陣就定然不會垮掉。」

「好兄弟！堅持一個時辰，剩下的交給我。」江一木說完，便從小妖界之中取出了大量的各種靈晶供幾人吸收，而後便孤注一擲的開始向著魂海之內全力吸收凝魂果樹。

可能是因為此時提升修為之人太多的緣故，五靈行軍陣幫助江一木吸收凝魂果樹的速度居然快了起來，江一木也因此感到很大的安慰。但是好景不常，江一木居然也感覺到要開始進級。

壓不壓制進級？江一木短暫的思考了一下之後，還是決定放手一搏，隨即放開了所有心神，任由進級到來。

不到一炷香的工夫，江一木的升級正式開始，在五靈行軍陣的輔助下，吸收那棵凝魂果樹的速度快得驚人。當整棵凝魂果樹被吸進魂海之後，江一木急忙將它安置到此前那顆儲存陰氣和亡靈之力的灰色星球之內。隨後感覺到自己升級還需要大量的能量，便又開始通過大陣吸收外面的一切能量。

也許是有那棵凝魂果樹在自己的魂海裡面，此時江一木不僅能將外面的各種靈氣、陰氣吸進魂海，甚至是那些強大的陰魂也都被他吸入了魂海之中的那顆灰色星球。

此時灰色星球已經變成極為耀眼的銀灰色，不僅僅如此，那顆灰色星球還在快速的向著江一木此前人為干預的那顆五行星球靠攏過去，似乎也要吞噬那顆五行星球。

畢竟當初那顆五行星球耗費了江一木大量的精力，江一木可不想就這樣毀在自己眼前。於是他便把那顆銀灰色星球也旋轉起來，並且中間還相隔了火、木、土三個元素星球，讓這個能量最為特殊的星球處於最周邊，都繞著最中間的熾熱星球旋轉起來。

盯著那顆銀灰色星球看了一會兒，見它不僅旋轉得穩定，還能自主的向其他星球傳輸亡靈之力，雖然不知道亡靈之力對於那些星球有著什麼作用，不過畢竟是一種能量。隨即江一木便將精神力退出魂海，繼續吸收外界的能量。

很快的，這回進級順利完成，醒轉過來的江一木，第一時間看向張富。此時的張富雖然已經滿面通紅，渾身大汗淋漓，但仍然在苦苦的堅守大陣。

見到張富堅持得如此辛苦，江一木一刻都不敢耽誤，直接對張富傳音道：

「多謝了兄弟，可以進級了。」

得到了江一木的指示之後，張富的表情立刻放鬆下來，隨即便開始調整呼吸，穩定心神，而後進級順利開始。

為了使張富能夠順利進級，江一木將手放在張富身上，溝通了小妖界中的土系能量，直接向張富體內輸送過去。再加之有江一木木系能量的輔助，靈力吸收得極其迅速，不到一個時辰，張富便進級成功，開始盤膝修煉，穩固修為。

見張富進級結束，江一木便將陣內擺設的靈晶都收進了小妖界，轉而溝通小妖界，從小妖界向著陣內施放屬性靈氣，以滿足陣內之人修煉需要。半個時辰之後，幾人全都進級完畢，開始盤膝修煉，穩固修為。

終於閒下來的江一木想起了那棵凝魂果樹，連忙將精神力進入魂海，找到了那顆銀灰色的星球。見到凝魂果樹不僅安然的矗立其中，就連裡面的那些陰魂也都圍繞著凝魂果樹安詳的熟睡，就似在外闖蕩多年的遊子終於回到了溫暖的家中一般。

見到這個情形，江一木很是滿意，隨即在掛滿果實的凝魂果上摘下了十顆凝魂果。本想就此退出魂海，可又想到那顆被亡靈之氣包裹著的五行星球，於是又將精神力延伸到那裡。

只見那顆五行星球上面已經出現高山和海洋，只是山就是山，海就是海，沒有一棵草、一條魚，顯得非常的寂靜。

「有變化就好啊！」江一木念叨一聲，就抱著凝魂果離開了魂海。

回到大陣，張富也剛好醒來，見到抱著凝魂果的江一木，連忙站了起來，跑到江一木的身邊，開心的說道：「好多凝魂果啊！」

「給你兩個。」江一木笑著說完，將兩個凝魂果遞給了張富。

張富站在那裡，只是呵呵笑著，也不伸手。

「拿著呀！這是我們一起得來的。」江一木笑著催促。

張富搖著頭，說道：「是我們一起得來的，就都放你那兒吧！反正出了祕境，也得交出去。」

「誰說要交出去的？有人跟你說過凝魂果要交出去嗎？」江一木顯得有些生氣。

「啊！是呀！沒人跟我說過凝魂果要交出去的，那這些凝魂果就歸我們自己了？」張富雖然不敢相信自己的耳朵，但還是伸出手去，取了兩顆凝魂果回來。

「我也有嗎？」二黑也結束了修煉，笑呵呵的走了過來。

「每人兩顆，你拿吧！」江一木抱著凝魂果，轉向二黑。

這個時候，海韻兒也走了過來，但她臉上沒有笑容，默默取走了兩顆凝魂果，就走到一邊繼續修煉去了。

江一木、張富還有二黑對視了一眼，便走到海韻兒身邊，輕聲問道：「怎麼了？升級不順利？」

海韻兒抬頭看了看江一木，然後搖了搖頭，又看向江一木，又抬頭看向那灰濛濛的天空，慢慢的說道：「也不知道五行峰，我們能去成不？」

江一木聽後，安慰道：「十顆凝魂果在手，我們應該是贏定了。」

說到這裡，突然想到殷明他們，隨即看向四周，卻沒有見到殷明他們。又看向海韻兒，說道：「等下我們去找他們，看看他們得到了多少。」

「我想現在就去，也許路上還能再得到幾枚凝魂果，那樣的話，把握就會更大一些。」海韻兒說完，便站了起來，就要離開大家，獨自尋找凝魂果去。

見到海韻兒要走，江一木立刻勸阻道：「韻兒，雖然這裡的陰魂已經沒有多少，可路上依然還是危險，再遇上一些強大的陰魂也是說不準的事情。妳再等等，我們跟妳一起找去。」

「你陪單靈吧！我自己去就好。這回，我一定要進五行峰，必須得到水系體質。」海韻兒說完，便一個人憂心忡忡的獨自離開隊伍。

江一木看著海韻兒獨自離開，他很不能理解。雖然此時他非常想追過去告訴海韻兒，他其實還有很多的凝魂果；可想了又想，又看了看還在調息的單靈，江一木只是看向張富和二黑，無奈的說了一句：「你倆過去陪著她吧！」

「嗯！」張富答應一聲，將凝魂果交給了江一木，就追向了海韻兒。

二黑看了看懷中的凝魂果，猶豫了一下，也同樣將凝魂果交給江一木之後，便追向張富，一起去保護海韻兒了。

看著漸行漸遠的三人，江一木回到單靈身邊，盤膝坐了下來，穩定了一下心神，除去雜念，繼續專心的為單靈護法。

此時單靈還在自行調息，正在感悟進級之後自己身體的各種變化。

江一木在她身邊，將手放到她的身上，輕輕的向她體內傳輸木系靈氣，疏通經脈，想要幫助她儘快穩定境界。畢竟現在五靈行軍陣已經不在，就這樣突兀的坐在這裡修煉，實在有些不妥。

可僅僅過了一炷香的工夫，祕境之中突然搖晃了一下，繼而灰濛濛的天空之上突兀的出現一道光門。那道光門雖然出現得極快，但位置剛好處在江一木的視野之中。

就在那道光門出現的第一時間，江一木立刻就聯想到他之前通過那道光門，進入祕境之時，在魂海中記錄下來的那些符紋。

此時他想都不想，完全出於本能，在魂海之中瞬間將那些符紋全部提取出來。伸出左手，掌心對著那道光門，就將那些符紋全部打了過去。

江一木做的這些動作絲毫沒有考慮，完全是出於他平時大量接觸和感悟符紋產生的一種下意識的衝動。

但是，這回的衝動，卻讓他從此真正走上符道大師的道路……

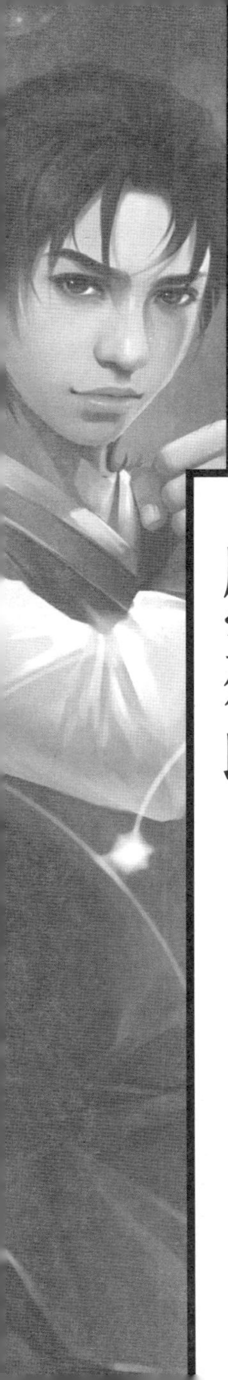

第五章 虛空符印

隨著那些符紋飛快的全部打到光門之上，那道光門閃了幾閃之後，就向著江一木飛了過來。只是一瞬，便消失在江一木的體內。

見到光門消失在自己體內，江一木先是一愣，繼而大喜起來，原來那道光門居然飛到了他小妖界的地下核心之中。

「行了，看來這個祕境也是我的了。」江一木開心的念叨了一聲，就帶著還在傳輸靈氣的單靈一起進入到小妖界之中，去近距離感悟起進入地下核心之中的那道光門。

以精神力滲透進地下核心，江一木不僅感受到了在核心之中的光門，居然還可以通過那道光門，鳥瞰到那個祕境中的一切。

只能看到那個祕境？也許還可以將那個祕境收進這裡。

想到這裡，江一木便通過那道光門，以精神之力聯繫上了祕境。然後心念一轉，那個地下核心便由純粹的藍色轉變成了幽藍之色。

隨著地下核心轉變成幽藍色，江一木突然感覺到整個小妖界也發生了一些變化，那些變化直接讓他精神為之一顫；但奇怪的是，不管他怎樣感知小妖界，都沒有感知到這裡有些許變化。

「到底是哪裡變化了呢？」

就在江一木狐疑之際，突然傳來了無影的聲音：「一木，我媳婦生了、我媳婦生了！」

「啊？」

江一木被無影的聲音驚到，然後以精神力與無影溝通後，無影又興奮的回答道：「我兩個媳婦懷了好久的寶寶，一直都未能生出，今天突然就一起生了。一共四個蛋呢！一共四個蛋。你快來看看呀！我要做爸爸了。」

「好吧！」江一木只好帶著單靈，來到老樹妖樹幹頂上無影的樹洞旁邊，輕聲關切的問道：「無影，我來了，讓我看看你的蛋蛋寶寶吧！」

本以為無影會很誇張的向他展示牠的蛋蛋寶寶，可無影卻在樹洞裡喊著：「不行了，一木，你快走吧！我要化身靈魂之體了。等化身結束，你再來吧！」

「得！啥都沒看著，你靈魂化身還真是時候。」江一木是又好氣、又好笑。

本想使用神識，延伸到無影一家的樹洞之中查看一番，後來覺得，就這樣貿然的查看人家媳婦剛剛生產過的房間，實在是有些不禮貌，便只是說了一句：「那恭喜你雙喜臨門，我先走了。」

然後帶著單靈飄到樹下，繼續為她輸送靈力，助她穩定境界。

但是又發生了一個意外——單靈又一次進升修為了！

「這是怎麼了呀？」江一木雖然吃驚，但還是立刻調集來了大量的水系靈晶供她吸收。

那些靈晶剛一放到單靈面前，就被她快速的吸收大半，足足有千斤之多。之後，江一木繼續為她輸入木系靈氣，助她修煉。

直到一個時辰之後，單靈終於睜開眼睛，看著江一木，笑著說了一句：「謝謝一木哥。」

「哎！跟我還客氣上了，不就是為妳護法嗎？」江一木倒是顯得不太在意。

單靈站起身後，自豪的對江一木說道：「給你看看，我領悟到了什麼。」

言罷，伸出左手，一道符籙憑空而出，前方十丈的位置赫然出現一道冰牆。

「啊！這是什麼？虛空符印？」江一木驚訝得張大了嘴巴。

「嗯！跟你一起感悟的。」單靈搖著頭，得意的說道。

「我什麼時候感悟這個了？這個很高端啊！妳到底怎麼做到的？」江一木追問著。

單靈呵呵笑了兩聲，隨即拉著江一木的手，說道：「之前在祕境，你一隻手給我輸送靈氣，一隻手向著那道光門打出了一套符紋，你還記得不？」

「啊？那個……」江一木開始思索那個過程。

一炷香的時間之後，江一木在魂海之中勾畫出一套水系高級萬仞凌空符籙的全部符紋，待到勾畫完畢之後，伸出左手，將那套符紋全部打了出去。

只見前方百丈距離的空中突現一片水氣，然後百丈之內，千萬條水刃傾瀉而下，將地面硬生生的切出一個深約十丈的大坑。

「好霸道的術法！」單靈在一旁歡喜的誇讚道。

江一木微笑著點了點頭，說道：「這本來是骨符的符紋，威力可以更加巨大。但我擔心靈力不夠，故此剛才是以高級紙符的標準勾畫符紋。」說完看向單靈，問道：「妳現在什麼修為？」

單靈開心的說道：「練脈八層。之前本來連升兩級，有了更強大的魂海，之所以穩定境界用了如此長的時間，也是在體會新魂海帶來的變化。沒想到意外的領會到了虛空符印，又在這裡得到了一種奇怪的力量，於是就又升了一級。」

「奇怪的力量？」江一木詢問的同時，想到了小妖界那似有似無的變化。

「嗯！說不好是什麼力量，總之就是一種力量。我能感覺到，但是又說不清楚。」

單靈解釋的跟江一木之前感覺到的差不了多少。

江一木搖了搖頭，既然現在弄不明白，那就以後再說。然後對單靈說道：「以後再說吧！我們也出去吧！他們都已經出了祕境。把眼睛閉上，放鬆心神，我們這就出去。」

帶著單靈和八顆凝魂果的江一木從原來的祕境入口出現之時，站在遠處已經等候多時的張富、二黑和海韻兒立刻都興奮的跳了起來。

快速的來到幾人身邊，將二黑和張富的凝魂果物歸原主後，江一木注意到了海韻兒兩手空空，於是問道：「妳的凝魂果呢？」

海韻兒笑著說道：「給十三皇子了，我留著也沒用。你能平安出來就最好了，我們一共十顆凝魂果，數量最多，我們贏了。」

雖然海韻兒笑得是那麼的開心，但江一木不僅沒有絲毫高興，反而心中產生了一絲怒氣。轉而陰沉著臉，看向海韻兒，問道：「妳為什麼把凝魂果給他？」

「啊？我、我……我留著沒用啊！」第一次見到江一木用如此語氣跟自己說話的海韻兒，雖然意識到將凝魂果交給十三皇子這事讓江一木很不開心，但是仍舊覺得自己沒有做錯什麼。

見到海韻兒這樣的態度，江一木突然大喊了一句：「我們辛辛苦苦戰鬥得來的東西，妳就這樣給他了？」

喊出了這句話，江一木也意識到了自己不該用這樣的態度對海韻兒說話；但他的心情的確十分煩亂，無奈之下，只好將頭轉了過去，看向一邊。

這時，二皇子也走了過來，見到江一木這樣，隨即上前替海韻兒解釋道：

「一木老弟，這都怪我，沒有提防十三。原以為他先我一步迎了過去，僅僅是上前表示祝賀，沒想到他居然直接要走了海妹妹手中的凝魂果。不過你放心，我一定替海妹妹要個說法，他沒有理由白白拿走兩顆凝魂果。」

待二皇子說完，海韻兒在一旁也委屈的說道：「我那時見你沒出來，很為你擔心。十三皇子突然過來跟我要凝魂果，我也沒有多想，腦袋裡都是你能不能平安出來，就給了他了。」

「算了，就這樣吧！」江一木無奈的搖了搖頭，然後看向二皇子，說道：「我們四人還有八顆凝魂果，其中四顆給你拿去評獎。不過，我可說在前頭，我們都是以北原民間弟子的身分參賽，因此，這些凝魂果都將歸我們個人所有，你們拿走多少，日後還得給我們送回來多少。」

二皇子聽江一木的語氣很是不客氣，心中雖有不悅，但考慮到代表北原皇室的十三皇子剛剛從他們這裡騙走了兩顆凝魂果，現在江一木這樣跟他說話也在情理之中，便耐心的對江一木說道：「一木老弟，這凝魂果呢！按理說，你們參賽，我們皇室沒有要走的資格，但是這東西畢竟非常稀有珍貴。

以往吧！因為都是皇室成員帶隊參加試煉，也沒有這方面的矛盾，不過之前最多也就是得到一顆凝魂果；這次你們參加試煉，能得到十顆凝魂果，這實在不在我們意料之中。因此吧！這凝魂果我得先交到帝國那邊，再由帝國裁定給你們個人的獎勵。」

聽二皇子講完，江一木想了想之後，看向張富，問道：「中原和安東得到多少顆？」

張富立即說道：「中原帝國這次只得到三顆，安東帝國得到一顆。」

江一木點了點頭，然後看向二皇子，說道：「這樣的話，十三皇子拿走兩顆，我們再給你兩顆，北原就是第一了是吧？」

「啊！一木老弟，你這是什麼意思？你們要留下六顆凝魂果？」二皇子有些驚訝。

「給，我的兩顆給你，剩下的都是他們自己的，我無權替他們決定。想要的話，你找他們自己商量。」江一木遞給二皇子兩顆凝魂果後，便轉身帶著幾人取回了試煉之前存放在這裡的東西，就返回了驛站。

回到驛站的江一木冷靜下來想了想，今天跟海韻兒發火，的確是有些不對。本想著找她道個歉什麼的，可海韻兒自打回到驛站，就把自己關在屋內，也不出來。

無奈之下，只好將其他幾人叫到自己房間，詢問幾人要如何處理他們的凝魂果。這幾人的意見也很明確，都聽江一木的安排，之後江一木便讓大家各回房間好好休息，等著前往五行峰的消息。

晚飯時，江一木沒有等來二皇子，卻等來了殷明。

將殷明迎進自己房間之後，江一木也不客套，直接問道：「三十九皇子今日親自大駕來此，可是為了我們手中剩餘的凝魂果專程過來？」

殷明聽後笑道：「兄弟你也真是夠直接，還是那句話，合我脾氣，我很喜歡。不過呢！我這次過來，還真的就是為了那些凝魂果而來。哦！不過你放心，我只是代表我們皇室內部採購，並不會拿去參加祕境比試排名。」

說到這裡，看著江一木，又語重心長的說道：「我現在叫你一聲兄弟，今日你千萬不可讓我空手而歸。畢竟我是歷屆祕境試煉以來，得到凝魂果數量最少的皇室弟子，這回從祕境回來，皇室給我的壓力可是你無法想像的。因此我才專程過來跟你商量，能不能夠轉讓幾顆凝魂果，讓我回去也好對皇室有個交代。」

「那你出價吧！」江一木回答得非常乾脆。

殷明見江一木讓自己出價，神情也立刻緩解下來，隨後伸出一根手指，在江一木面前晃了晃，說道：「一萬上品靈晶一顆，怎麼樣？這個價格，你可滿意？」

江一木聽後搖了搖頭，對殷明說道：「這凝魂果，可是結丹中期高手進級結丹後期的必備之物，一萬上品靈晶，實在是太少了些。」

「那你開價。」殷明也不繞圈子。

江一木想了想，笑著問了一句：「我似乎覺得，這凝魂果應該還可以以它為主材，煉製出來什麼了不起的丹藥是吧？」

「哦！兄弟什麼意思？」殷明反問。

江一木笑著說道：「一萬靈晶一顆凝魂果，我可以作主轉讓四顆。但是，你得把用凝魂果煉製丹藥的丹方給我，你看怎樣？」

殷明聽說江一木想要丹方，隨口說道：「丹方？我有呀……哎！不對，你要丹方做什麼？我倒是聽說你會煉丹，還開著丹符鋪。你要自己煉丹，還是要交給北原皇室？」

「我跟北原皇室的關係怎麼樣，你應該清楚，如若不然，我們怎麼會留下六顆凝魂果沒有交給他們？」江一木說得不緊不慢。

「這倒是，那就這麼定了。來吧！我們現在就交易。」殷明一拍大腿，當場就答應了下來。

「什麼現在就交易啊？你先回去弄丹方啊！」江一木笑著看向殷明。

「不用那麼麻煩，丹方我這兒就有。」說完，殷明從隨身儲物袋中取出一枚玉簡，遞給江一木，然後說道：「我的授業恩師就是帝國皇室御用煉丹師，這丹方就是他給我的。」

「這麼巧嗎？我想要的你就有？」江一木笑著接過玉簡，放在額頭，簡單的掃了一下。雖然不能立刻確定真假，但裡面記載的各種輔助材料，一眼看上去就很是靠譜；再加上這是殷明直接從身上取出來的玉簡，就讓江一木相信，這枚玉簡定然是貨真價實之物。

隨後他也不拖沓，直接就叫來了張富和單靈，讓他們把自己手中的兩顆凝魂果都交給了殷明。

殷明也很爽快的當場就交付給江一木四萬上品靈晶，隨後便心滿意足的離開了驛站。

與張富和單靈一起送走了殷明，江一木幾人回到房間。

江一木看向張富和單靈，說道：「凝魂果，我作主，給你們賣了四萬斤上品靈晶。你們分了吧！一人兩萬，拿走吧！」

張富脫口而出，說道：「我不要了。」然後看向一臉不解的江一木，繼續說道：「你以前給我的那些丹藥，真算起價值，可都不止這些；再說了，那些凝魂果也是你帶著我們才弄回來的。因此，這些靈晶，我肯定是不能要的。」

「那我也不要。」單靈也在一旁笑著推辭起來。

江一木笑呵呵的看著他倆，然後說道：「你們真都不要是吧？那你們去問問二黑，兩萬斤上品靈晶買他手裡的兩顆凝魂果，他願不願意賣？願意的話，讓他把他的凝魂果拿過來，直接換取靈晶。」

「嗯！行，我去問吧！」張富答應一聲，轉身就出了房間，找二黑去了。

很快，二黑便帶著兩顆凝魂果，和張富一起來到了江一木的房間。

「一木，有人願意出兩萬斤上品靈晶買我的凝魂果？」進門後，二黑顯得很是激動。

江一木點了點頭，又拍了拍桌上的儲物袋，說道：「想賣的話，現在就可以拿走靈晶。」

「賣！兩萬斤上品靈晶啊！我一輩子都用不完。」二黑盯著桌上的儲物袋，激動的說道。

「嗯！行。」江一木見二黑同意，也沒多想，拿出自己的儲物袋，從桌上的儲物袋裡匯出了兩萬靈晶後，將還剩餘兩萬靈晶的儲物袋遞給了二黑，說道：

「這裡面有兩萬靈晶，你拿走吧！」

二黑接過儲物袋後，卻沒有了之前的欣喜，而是愣愣的看著江一木導入靈晶的那個儲物袋，而後慢慢的轉過身體，向著門外走去。

「二黑，你怎麼了？凝魂果留下呀！」江一木提醒道。

「哦！好的。」意識到自己失態的二黑連忙轉過身來，將手中的凝魂果放下，便走出了房間。

見二黑走了，江一木靠在椅子上，腦子裡又出現了海韻兒因為被他喝斥而顯得委屈的畫面，搖了搖頭，在考慮著要不要再去一趟海韻兒的房間，看能不能夠解釋一下。

就這時，一旁的單靈說道：「一木哥，二黑可能誤會你什麼了。」

「啊！什麼？他誤會我什麼了？」江一木一時還沒有反應過來。

「他也許認為你把凝魂果賣了四萬靈晶，卻只給了他兩萬。」單靈說完，又看向張富。

張富隨即點了點頭，肯定了單靈的猜想。

「哦！我沒注意啊！沒事，你倆等下找他替我解釋一下，我現在去靜室待會兒，有事你們找我就行。」江一木說完，便站起身來，去了靜室。

沒過多久，張富就跑到靜室之外，敲門傳音道：「一木、一木，二皇子來了！」

江一木從靜室出來，見到張富，笑呵呵的問了一句：「啊！二皇子，這麼快？」

「嗯！估計是為了凝魂果的事情。」張富應道。

兩人來到江一木房間，見到二皇子正背著手在屋內走來走去，江一木便站在門口，抱拳施禮，說道：「二皇子為何來得這樣倉促？怎麼也不派人提前通知一下？我這裡也沒個準備，招待不周，還請二皇子恕罪。」

二皇子見到江一木，立刻說道：「哎呀！一木老弟，你就別跟我客套了，快進來、快進來，我有要事要問一問你。」

「哦！找我有事要問？那您請講。」江一木回答得很恭敬。

二皇子搖了搖頭，心想：江一木還跟我裝糊塗呢！但也不好發作，便直接問道：「剛才中原帝國的三十九皇子殷明是不是來找過你？他不會是為了你手中的凝魂果而來的吧！」

「啊！是呀！正是，不知道有何不妥呢？」江一木一臉無辜的問道。

「你直接告訴我吧！你們的凝魂果還在不在了？不會是都被他買走了吧？」

二皇子現在急得有些抓狂。

江一木卻很淡定，搖了搖頭，說道：「沒有，沒都賣他，我們還留了兩顆。」

二皇子起初聽到「沒有」，還以為江一木沒賣出凝魂果，剛想鬆口氣；後來聽到他們只留了兩顆之時，當場氣得差點蹦了起來，一拍大腿，說道：「一木老弟啊！一木老弟，你說你怎麼就不問我一下呢？你賣他做什麼？你知不知道凝魂果對帝國有著什麼樣的重要意義？你呀！」

聽到二皇子埋怨自己，江一木臉色陰沉下來，冷冷的說道：「對帝國有什麼意義？帝國要是真重視凝魂果，在我們進入祕境之前，就應該對如何回收凝魂果有個說法對吧！」

說到這裡，又看了看二皇子，然後繼續冷聲說道：「您還欠我們四顆凝魂果，什麼時候歸還？」

二皇子見江一木還跟自己索要凝魂果，而且還是四顆，當即惱怒起來，隨口說道：「我只從你那兒拿走了兩顆，另外兩顆凝魂果，是十三從你們這裡拿走的，你可別算在我的身上。」

江一木冷笑一聲，點了點頭，隨即冷聲說道：「行，你們兩位皇子，都是以個人身分從我們這裡拿走凝魂果的是吧？都不代表北原帝國，是也不是？」

二皇子一愣，意識到自己剛才的話很是不妥，但自己畢竟是皇子，怎麼能被一個平民以這樣的語氣威脅？隨即也徹底拉下臉，冷冷的說道：「江一木，你給我注意你說話的態度。」

江一木見到二皇子端出了皇子的架子，心中一凜，隨即便將身形擺得端正，恭敬的向二皇子抱拳深施一禮，高聲說道：「安東帝國草民江一木，拜見北原帝國二皇子殿下。草民確實已將四枚凝魂果賣與了中原帝國三十九皇子，不知道我們賣出我們的私人物品，何罪之有？」

二皇子聽到江一木自稱是安東帝國草民，心中立刻感到，他跟江一木此前相處下來的那些私人感情，到了此時已經完全破裂。他雖然感到懊悔，但仍然覺得江一木膽敢跟身為皇子的自己頂嘴，實在是不容饒恕，便厲聲說道：「江一木，多說無益，快些把剩餘的兩顆凝魂果全部交出，否則的話……」

「否則？」江一木冷冷的看向二皇子，然後一字一句的問道：「否則怎樣？」

二皇子沒有想到，江一木居然還執迷不悟。隨即伸手指著江一木，怒聲說道：「今日你若不交出其餘凝魂果，我將取消你們的五行峰之行。」

江一木聽到二皇子拿進五行峰的獎勵威脅他，心中的怒火突然就燃燒了起來，他也指著二皇子大聲喝道：「你再說一遍，你要怎樣？」

一時間，屋內的氣氛冷得似乎能凝出水來。

就在這時，樓下傳來了爭吵之聲。隨著爭吵之聲越來越大，爭吵之聲突然變成了喝斥之聲——

「滾！你個奴材，給我讓開！你們二皇子在這裡又怎樣？這裡不是你們北原的官辦之地，只是一間普通的驛館而已，也想攔我？滾！給我讓開，再行阻攔，格殺勿論！」

聽到這個聲音，二皇子也不再跟江一木對峙，快步走出去查看情況。當他走到樓梯通道之時，剛好遇上從樓下跑上來的殷明。

殷明見到二皇子，臉上的怒容很快就轉變成戲謔的表情，嘻笑著走到二皇子身邊，說道：「唷！這不是北原二皇子嗎？怎的？找我朋友有事？」

二皇子見到殷明突然進來，本來就有些摸不著頭腦，現在聽他聲稱江一木是他朋友，心中就更是沒底了。再加之身處中原帝國，便只能恭敬的低頭向殷明施禮，說道：「北原帝國二皇子，拜見中原帝國三十九皇子殿下。」

「免了。」殷明傲氣的說完後，看向跟出來的江一木，一挑眉毛，意思是「你看看，兄弟為你出頭來了」。

然後又轉向二皇子，問道：「我問你話呢！找我朋友江一木，有何貴幹啊？」

二皇子雖然不清楚江一木跟殷明到底有著多深的交情，但面前的殷明的確有些不好對付。隨即說道：「您說的可是我們北原帝國來這裡參加祕境試煉的弟子江一木？哦！我找一木老弟，只是聊一些祕境試煉之後他們個人獎勵的事宜。您若是也要找他的話，那您就先聊，我剛好有事，就先行告辭了。」

殷明聽後，不屑的看著二皇子，說道：「據我所知，江一木老弟是安東帝國人士吧！他只不過在你們北麓武堂修習過而已。啊！不過，這都不重要，你若還有別的事情，那就請便吧！我剛好跟江一木老弟閒聊幾句。」

雖然殷明這話聽著刺耳，二皇子卻是不敢頂嘴，只好抱拳施禮，恭敬的說道：「那三十九皇子請便，我就先行告辭了。」隨後便向樓下走去。

江一木見二皇子被殷明趕走，雖然他也不滿此前二皇子的態度，但人家畢竟是皇子，必要的禮節還是要有的，便向殷明抱拳說道：「皇子請稍等，我先去送一下二皇子，即刻便回。」隨即便追下樓去。

到了樓下，追上二皇子，江一木抱拳說道：「恭送二皇子。」

二皇子見江一木特地追下來送行，心裡的怒氣也緩和了一些，但仍然陰沉著臉，問道：「你特地追了下來，就只為了跟我說這個？」

江一木聽後，又抱拳說了一句：「五行峰之事，還請二皇子三思。」

二皇子還以為江一木會說一些服軟的話，誰料他這話的語氣還是帶有威脅的意思。隨即哼了一聲，冷冷的說了一句：「三日之後，我過來，你有兩個選擇：一，交出另外兩顆凝魂果，你們幾個跟我去五行峰；二，拒不交出凝魂果，那樣的話，你們也不用去五行峰了，自行返回北原去吧！」說完，便一甩衣袖，轉身而去。

第六章

地級丹藥凝魂丹

看著二皇子的背影，江一木搖了搖頭，轉身便想回到二樓去尋殷明，卻見到了海韻兒正站在樓梯中間。

「你怎麼想？」海韻兒問向江一木。

「妳想讓我就這樣交出凝魂果？」江一木反問。

「你自己拿主意吧！」海韻兒直接丟下這句話後，便陰沉著臉，轉身跑回自己房間。

看著海韻兒跑了回去，江一木一時竟愣在那裡。

「兒女情長，英雄氣短啊！」殷明陰陽怪氣的從二樓樓梯口看著下面發呆的江一木。

看見殷明這個樣子嘲笑自己，江一木氣不打一處來，索性站在那裡，抱拳大聲喊道：「拜見中原帝國三十九……」

「行了、行了，你可別喊了。」殷明從樓梯之上跑了下來，沒有讓江一木繼續在那裡發洩情緒，到了江一木身邊，很熱絡的拉住江一木的胳膊就往樓梯上走，嘴上還笑著說道：「我拿你當兄弟，你也得拿我當兄弟，你說是不是這個道理？你瞧瞧，我來得多及時？」

兩人一起來到江一木的房間，見到張富和單靈還站在江一木身後，便以眼神示意江一木先讓兩人出去，想要單獨跟江一木說話，江一木也就笑著示意張富和單靈暫且先回去各自的房間。

待兩人走後，殷明將房門關好，一臉無奈的看向江一木，說道：「唉……一木老弟，說來慚愧，你說，我送出去的禮物是不是不該再要回來？可是吧！這、這……」

「禮物？你送過我禮物嗎？」江一木看著殷明的樣子，頗覺得好笑。

「啊！就是那個丹方，我送你的那個丹方。我授業恩師突然傳話給我，讓我明日帶著那個玉簡，跟他一起煉製地級丹藥凝魂丹，哦！就是用凝魂果煉製的丹藥。」殷明解釋道。

「哦！那個丹方，那個丹方是你送我的禮物嗎？那不是換取凝魂果的條件嗎？」江一木笑著反問。

「哎呀！你可別取笑我了，當時我覺得那東西沒什麼用處，就直接給了你；

現在想想，之前也沒有仔細的研究玉簡裡的煉丹手法，明日過去，我得有所準備啊！你看看、你看看……」殷明顯得非常無奈。

「拿去吧！」江一木很大方的將那個玉簡取出，還給了殷明。

「怎麼？你複製一份了，還是弄明白裡面演示的手法了？」殷明對於江一木如此輕易的就將玉簡歸還自己，表示很不能理解。說完還將玉簡放在額頭檢查了一遍，之後又看向江一木，不解的說道：「玉簡裡的防複製符紋還好好的，你還真沒複製？」

江一木很輕鬆的說道：「我只要看看丹方就好了，至於裡面那些火系煉丹手法，不適合我。」

「哦！不適合？那還好、那還好……」說著，便將玉簡放心的收了起來。

「行了，玉簡你完好無損的拿到了，還有什麼事？」江一木問道。

「怎麼？趕我走？我難得來一次，不請我喝杯茶？」殷明笑著坐到桌前，指著茶壺，問道。

江一木本來因為海韻兒的事情還非常的關心，很想自己待上一會兒，可殷明卻賴著不走。也是沒有辦法，隨即打開房門，喊道：「靈兒，皇子要喝茶，妳幫我弄點熱水過來。」

見江一木坐了回來，殷明笑著說道：「你有水系功法，我有火系功法，這燒個熱水之事，還需要喊人嗎？」

江一木嘆了口氣，說道：「主要是……沒那個心情。」

「怎麼？你們北原讓你們無條件的交出凝魂果，要不然就不讓你們進五行峰？」殷明問道。

江一木點了點頭，嘆了口氣，說道：「唉……因為這事，今日我跟那個二皇子弄得很不愉快。」

殷明哈哈笑道：「你說你們北原這兩個皇子，一個要買凶在祕境之中做掉你們，一個要白搶你們的凝魂果。哎呀！這要說了出去，還真是個笑話。」

江一木見到殷明這些話說得如此不加約束，趕緊起身將房門關上，埋怨道：「你能不能小點聲？這店可就是二皇子開的。」

「你怕什麼？」殷明瞪了江一木一眼，起身又去把房門打開，然後故意的大聲說道：「被聽見怕什麼？你來我們中原帝國吧！跟我幹，我直接給你個將軍做。」

「你可小點聲吧！」江一木實在無奈，又不好再去關門，只好向著殷明作揖求饒。

見到江一木向自己求饒，殷明心情大好，笑著站起身來，在房間裡踱了兩圈，突然轉身問向江一木：「我說真的，不是開玩笑，給你個平南將軍，你來不來？」

「不去。」江一木瞪著殷明，直接拒絕，然後又說道：「平南將軍？一聽名字，就知道讓我幹什麼的，讓我去給你騷擾南嶺帝國的吧！」

「噓噓……別瞎說。」這回該輪到殷明緊張了。

這時候，單靈拎著水壺走了進來，也不多話，直接坐在旁邊，給江一木和殷明沏起茶來。

看著單靈優雅沏茶的動作，殷明笑著說道：「你這個媳婦不錯，比起那個甩你臉的強得多了。」

「喂！還能說點正經的嗎？」江一木見殷明又提到海韻兒，心中不禁又不爽起來。

「得了，說正經的。你不用理睬那個狗屁二皇子，把剩下的兩顆凝魂果賣給我，我直接帶你們去五行峰，畢竟你們有那個資格。聽好了，是賣，不是白給，還是那個價錢，一萬斤上品靈晶一顆。」殷明這回說話的聲音小了很多。

江一木聽後立刻來了精神，看向殷明，說道：「行！有這句話給我保證就行了。三日後，我再跟二皇子談談。」

「保證、談談？你什麼意思？」殷明有些不能理解。

江一木端起茶杯，敬向殷明，說道：「進五行峰，其實就是我們來這裡參加祕境的最初目的。至於二皇子嘛……我跟他親弟弟九皇子十分交好，搞得太僵，實在不妥。」

殷明將茶一飲而盡，點了點頭，說道：「兄弟你果然講情義，那行，就聽你的。哦！對了，等你們從五行峰回來，我帶你出去一趟，讓你長長見識。」

「哦！去什麼地方？」江一木很是好奇。

「皇家的專營生意。」殷明說完，自豪的看向江一木。

江一木點了點頭，然後看向殷明，認真的問道：「那行，就跟你去長長見識。我聽說在這裡，一般人不允許開丹符鋪的，我要是想開一家的話，你能不能想些辦法？」

殷明聽後，摸著下巴思索了一番，然後說道：「我五皇兄倒是有一家丹藥商行，生意一般般。你若有意的話，以我的名義，可以花點靈晶弄過來，算作你我共同合作。不過你有能拿得出手的丹藥沒有？這裡可是中原帝國，而且那家丹藥商行也算是我們皇家的生意，我得注意臉面。」

江一木聽後，想了一想，取出三枚丹藥，遞給殷明，說道：「這三種丹藥，你且看看，算不算得上拿得出手？」

殷明接過丹藥後，逐顆觀察品鑒。

首先拿起的是鑄魂玄丹，研究了一會兒，點點頭稱讚道：「水凝鑄魂玄丹，用料充足，做工完美，成色不錯，能賣個好價錢。」

然後拿起的是仙靈玄丹，聞了聞，又使用靈識探查了一番，然後面露喜色，說道：「這是仙靈玄丹吧！很稀有的，我只是聽說過，這也是你煉製的？」

江一木笑著點了點頭。

殷明又拿起最後一顆丹藥，只是放在鼻子前面一聞，便臉色大驚，說道：「洗髓丹！這是洗髓丹？」

江一木笑著問道：「很意外吧！我可以長期提供。」

「成本呢？煉製一次需要多少材料？一次能煉製出多少顆？」殷明急切的問道。

江一木想了想，拿出一個玉簡，放在額前，將煉製鑄魂丹和仙靈丹的主要材料都刻入進去，並注明了需要的分量，然後交給殷明，說道：「其他的珍貴材料都由我來免費提供，再加上玉簡裡面的這些材料，能煉製出來鑄魂玄丹和仙靈玄丹各百枚、洗髓丹十枚。」

「漂亮啊！一木老弟，我們發達了呀！」殷明看完玉簡之中的內容，興奮的跳了起來。

殷明手裡握著那枚玉簡，興奮的在房間裡走了幾圈，然後伸出手指，指向江一木，信心十足的說道：「店鋪我想辦法弄來，材料我完全負責採購，你就負責煉製丹藥。店中一切丹藥所得利潤，咱們五五分成。」

「成交！」

江一木站了起來，與殷明擊掌慶祝。

送走了殷明，心情好轉很多的江一木來到靜室，開始研究煉製地級丹藥凝魂丹。

靜坐在靜室之中的江一木並沒有急著煉製凝魂丹，考慮到凝魂果的成分大多是亡靈精華，為了煉製丹藥之時不造成精華流失，他決定嘗試著將水系凝丹術和木系煉丹術合而為一。這樣的話，既能保障各種丹藥完美融合，也能將亡靈精華聚在一處。

經過反覆試驗，江一木左手水系靈力和右手的木系靈力終於能夠結合起來。隨著兩種靈力結合，江一木面前出現一朵青色蓮花狀的真氣丹爐。看著這個青紫色丹爐，江一木的心情大好，隨即將這種他獨創的煉丹術命名為「水木青花」。
有了這個水、木兩系靈力相結合的水木青花煉丹術，江一木便開始大刀闊斧的煉製凝魂丹。
他先根據之前那個丹方，將其他的輔助藥材使用水系凝丹術提煉成藥物精華，然後便取來一顆凝魂果，將凝魂果引入青色的真氣丹爐之中。待凝魂果完全分解，又將之前準備好的藥物精華引了進去，隨即不停的使用水、木兩系靈力催動真氣丹爐持續旋轉，以促進各種精華完全融合起來。
一天一夜之後，江一木的第一爐地級丹藥很順利的完成，一共十枚，每一顆丹藥都油黑發亮。
手中托起一枚凝魂丹慢慢感受，藥物中澎湃的靈魂之力激盪洶湧，即使是江一木那廣闊無邊的魂海之力也在這丹藥之中感受到一絲恐怖。
「啊……怪不得是給結丹中期的大修者服用的丹藥，這若是給尋常結丹初期以下之人服下一枚，魂海非得立時被沖散不可。」
江一木震驚之餘，又看了看凝魂丹的外表，油黑發亮，僅此而已，甚至都沒有一絲絲的藥香。「唉……挺好的地級丹藥，一副不值錢的樣子。」

收起丹藥，信步走出靜室，首先來到海韻兒的房間，在外面輕輕的敲了敲門，裡面一點反應都沒有。江一木也不便使用神識查看，搖了搖頭，又到了張富、二黑和單靈的房間，將他們都叫了出來之後，便拉著幾人出去吃喝玩樂整整兩天。

第三日清晨，精神飽滿的張富、二黑和單靈都來到了江一木的房間，準備前去五行峰。江一木見到海韻兒還是沒來，便打算前去敲門。可就在這時，驛館外面傳來一聲高喝——

「中原帝國三十九皇子駕到，北原帝國北麓武堂弟子江一木，速速前來迎駕。」

「啊！殷明來了，他怎麼這麼大架子？」江一木十分不能理解。

「他可能是代表他們帝國來的，你快下去看看吧！」單靈猜測道。

「嗯！你們等我一下。」江一木答應一聲，便快速的下樓，走了出去。

來到驛館外面，一輛豪華馬車在眾多侍衛的護衛中，停在驛館的大門之外。這陣勢，讓江一木心中一驚，殷明定然不會無端的擺出這個陣仗，看來今日一定將有大事發生。

江一木嚴肅的上前兩步，抱拳施禮道：「北原帝國北麓武堂弟子江一木，前來拜見中原帝國三十九皇子殿下。」

「請上車一敘，本皇子有要事與你詳談。」殷明在馬車中並未露面，只是傳話讓江一木進去跟他見面。

江一木雖然心中大感疑慮，但仍舊恭敬的回道：「遵皇子令，弟子江一木這就入內參見皇子。」隨即慢慢走到馬車前面，打開車門，謹慎的上了馬車。

進到馬車之內，江一木這才發現，裡面坐著的並不只殷明一人，還有一個面色莊重的紅面青年。隨即看向殷明，問道：「這位是……」

「趕緊施禮啊！這就是我的授業恩師，帝國皇室御用煉丹大師——梁東陽，梁大師。」殷明立刻提醒道。

江一木心中一驚，這可是中原帝國皇室御用煉丹大師，居然親自來找他，這不見得是好事啊！但禮數必不可少，隨即恭敬的抱拳施禮道：「北原帝國北麓武堂弟子江一木，拜見梁大師。」

「不必多禮，坐下吧！此前聽殷明介紹，你們兩個已成摯友，我們之間也就不必拘束。」梁大師語氣顯得十分和藹。

江一木坐下之後，抱拳說道：「這都是三十九皇子厚愛。」

梁大師聽後哈哈笑道：「什麼厚愛，是他的機緣才是。他說你們要合辦一家丹藥商行，昨晚給了我幾顆丹藥，讓我幫忙鑒別一下。嗯！那幾顆丹藥的品質，很是讓我驚訝啊！」

說到這裡，看了看江一木，問道：「那幾枚丹藥，真是出自你手？」

「不敢妄言，那幾顆丹藥，的確均是出自弟子之手。」江一木回答得仍舊很是恭敬。

梁大師點了點頭，又繼續說道：「那些丹藥，從成色上來看，你的水系凝丹術已經達到極高的程度，實屬不易啊！不過，最為讓我驚訝的是，你說洗髓丹也可以長期提供，那豈不是說，你有著來源穩定的妖獸骨血啊？」

聽到梁大師問到妖獸骨血，江一木又是一驚，當下便在心中飛快的合計著要如何作答。

不過，梁大師又哈哈笑了起來，隨即說道：「你呀！不必浪費心機編造理由，我們修道之人，哪個沒有些自己的祕辛？我不會強人所難的。不過嘛！既然你們要在這裡弄一家丹藥商行，那麼我還是要提出一點要求。」

「啊！多謝梁大師，您請講。」知道了梁大師不要求他說出製作洗髓丹的祕密，江一木終於放下心來，至於別的什麼條件，那都好商量。

梁大師點了點頭，慢悠悠的說道：「洗髓丹這種丹藥，對於練脈期的弟子來說，實屬珍貴至極。但是這種丹藥的材料緊缺，產量極少，因此我希望嘛！今後你的洗髓丹，都由皇室統一收購，至於價錢嘛！你來訂。」

又讓我訂價錢？上回十三皇子讓我出價，我出一千斤上品靈晶，他給我砍掉一半，這回我可得多說一些。打定主意，江一木謹慎的說道：「那我就斗膽了，兩千斤上品靈晶，您看怎樣？」

聽到江一木出價兩千斤上品靈晶，梁大師臉色立刻不悅起來，不過仍舊坐得穩如泰山。

殷明在一旁見了，連忙對江一木說道：「一木老弟，你這價，是不是太高了些？你看看，一千斤上品靈晶一枚，怎麼樣？」

殷明說完這句話，江一木先偷偷掃了一眼梁大師，見梁大師此時正看著他等待他的意見，這就讓江一木心中有了底數，看來梁大師很是滿意一千斤上品靈晶的價錢。隨後，江一木裝作為難的樣子，說道：「這個價錢倒也不是不行，只是那特殊材料來之不易。那……這樣行不行？每次我這邊交付十顆洗髓丹，有九顆按照這個價錢由皇室收購，另外的那顆，就留在我們的店中，由我們自行拍賣，這樣如何？」

聽完江一木的建議，殷明顯得很是開心，隨即看向梁大師徵求意見。梁大師聽後，想了想，隨即點了點頭，說道：「那就這麼定了。」

「好、好……」殷明顯得比江一木還要開心。

但江一木此時想到些什麼，看了看梁大師，又看了看殷明，說道：「皇子呀！跟你商量個事，你看看，我們店裡的紅利分配，能不能你我都拿出一成來，我們各自要四成紅利，其餘的兩成都交給梁大師。這樣，也算梁大師沒白白的替我們操心，你說是吧？」

「哎！這樣甚好，這樣甚好啊！」殷明連連表示贊同。

「這可不行，你們小孩子的買賣，我個幾百歲的老朽怎好如此？使不得、使不得。」梁大師雖然口中推辭，臉上卻是滿滿的笑意。

殷明連忙說道：「恩師對我多年悉心教導，弟子我也無以回報，這點小意思，您可務必不要推辭。拳拳之心，以表我等孝義，還請恩師能成全我和一木賢弟。」

「就是、就是。」江一木也附和起來。

看著梁大師還要推辭，殷明說道：「恩師，您就成全弟子吧！就這麼定了啊！等下您老先回去，我跟一木兄弟還有話說，您慢走，恩師。」說完拉起江一木，就一起跳下了車。

送走了梁大師，江一木看向殷明，問道：「對了，之前你們誰收了十三皇子三顆洗髓丹？後來事情沒辦成，你們得跟他有個交代吧！」

「交代個屁呀！我沒給他們治個謊報敵方修為之罪，就算便宜他們了，還給他們交代？」殷明這話說得很是氣憤。

「嗯！也是這個道理。」江一木笑著點了點頭。

「喂！你們二皇子來了。」殷明看著遠處帶著隨從騎馬而來的二皇子，說道。

江一木也看了過去，然後說道：「嗯！他也該來了，我會會他去，你先迴避一下吧！」

「我迴避什麼？我一個中原帝國堂堂……」

殷明的話還沒有說完，江一木趕緊伸手攔下，說道：「哎哎！我主要是怕你又去罵他。你說你罵他，我在一旁待著，是不是尷尬？拜託，皇子殿下，你暫且上去待會兒。」

殷明看了看江一木，一臉不屑的說道：「迴避呢！我是不會迴避的，不過我是的確有事，我得研究咱們的丹藥商行去了。你跟他談吧！談不攏，就來找我，我帶你們去五行峰。」

說完就從一旁侍衛的手中牽過馬來，大大方方的騎了上去，走出驛館。與二皇子碰面的時候，只是隨意的揮了揮手中的馬鞭，以示打了個招呼，便策馬離開了這裡。

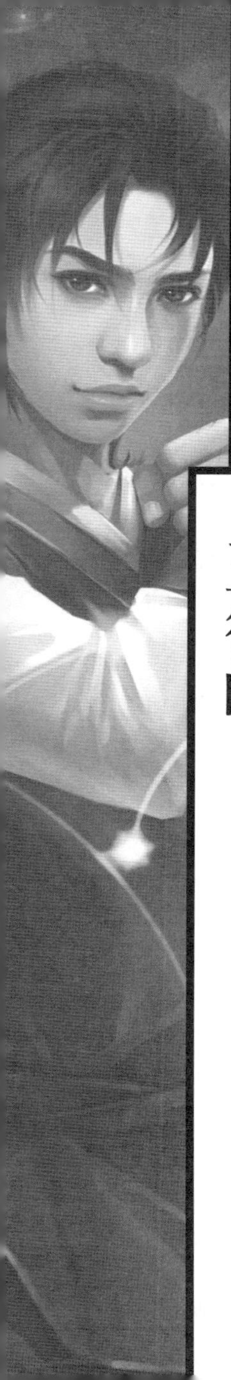

第七章 五行峰

待二皇子走近，江一木上前抱拳施禮道：「恭迎二皇子大駕光臨。」

江一木原以為二皇子會先問他有沒有考慮好是否要交出凝魂果，卻是沒想到剛一見面，二皇子就直接說道：「江老弟，你們都準備好了吧！沒有問題的話，現在就可以跟我一起去五行峰。」

「啊！這就去了？」二皇子的直接，雖然讓江一木不能理解，但不用廢話就能直接去五行峰，畢竟是件很好的事情。隨即又說道：「請二皇子稍等，弟子去集合隊友。」隨後就轉身回到了驛館之內。

只是回到二樓，就看見包括海韻兒在內的幾人，已經全部等在那裡。見到所有人都在，江一木很欣慰的說了句：「走吧！五行峰。」

幾人出了驛館，拜見過二皇子後，便紛紛騎上靈馬，跟在二皇子後面，向著五行峰出發。

一路無話，一直到了五行峰山腳下，二皇子辦完了相應手續，走在上山的路上，才將江一木單獨叫到身邊，邊走邊說道：「一木老弟，這次進入五行峰的機會來之不易，你們要好好把握。」

江一木一直都不明白，二皇子今天為何沒有再提及那兩顆凝魂果的事情，但又不好開口詢問，便只是平淡的說道：「多謝二皇子提醒，我們定然會把握好這次機會。」

此後兩人又沉默了好久，直到走到山腰之時，二皇子又開口說道：「你們之前被十三拿走的兩顆凝魂果和交給我的兩顆凝魂果，都已經送回到帝國；至於你們的個人獎勵，我以每顆凝魂果獎勵一萬上品靈晶的條件報了上去，現在正等著帝國的消息，你們還需要再等上一段時間。」

江一木聽後，頗覺意外，二皇子那日還跟他劍拔弩張，今日怎麼就如此的向他示弱了？隨後問道：「那……我們留下的那兩顆凝魂果呢？」

「這我是沒有上報，但是十三有沒有上報，我就不清楚了。」二皇子搖了搖頭，說道。

江一木聽後，臉上雖然沒有顯露神色，但心中十分的瞧不起二皇子。因為他感覺二皇子辦起事來，立場不夠鮮明，要不就堅決的站在皇室那邊，與江一木徹底決裂，要回那兩顆凝魂果；要不然就站在江一木這邊，幫忙申請獎勵。而現在二皇子一邊幫江一木申請獎勵，又一邊隱瞞他們手中還有兩顆凝魂果的事情，這樣的話，兩方面都會對他產生反感。

見到江一木並沒回話，二皇子嘆了口氣，主動說道：「唉……十年前我就是太顧忌臉面，沒有回國，致使我長期留在這邊；現在我要是再那麼顧忌不必要的架子，恐怕就得一直留在這裡了。江老弟，我能做到的，也只這有這些了，至於你承不承我的人情，那就隨你了。」

唷！這是主動向我認錯啊！看來二皇子也算迷途知返了，那我也給他點甜頭嘗嘗。江一木考慮好之後，也嘆了口氣，真誠的說道：「二皇子，您的處境我也明白。這次的祕境試煉，我們幾個能得到這樣一個結果，對您來說，本來是天大的好事，可您偏偏沒有考慮到我們這邊應得的利益，您看，搞到現在，唉……不過，給您看樣東西，您考慮看看，要不要上報給帝國？」

江一木說完，便取出了一枚凝魂丹，遞給了二皇子，說道：「地級丹藥，凝魂丹，用凝魂果煉製的。丹方來之不易，煉製更加不易，一枚凝魂果可以煉製十枚左右這樣的丹藥。藥效的話，三顆凝魂丹，就大致相當於一枚凝魂果了。」

見到二皇子要以神識探查，江一木連忙提醒道：「儘量不要以神識探查，裡面的靈魂之力可很是強大。」

「啊！地級丹藥，用凝魂果煉製的？」二皇子驚訝的接過凝魂丹，只是托在手裡，看了又看，然後點了點頭，說道：「果然是地階丹藥，深不可測，我居然什麼都沒能看出來，連藥香都沒有。」

江一木笑了笑，說道：「您應該到了結丹期吧！也許可以小心的用神識去體驗一下，不過一定得小心。」

「哦？呃……還是回去再說吧！」二皇子考慮一下，還是先將凝魂丹小心的收了起來，然後看向江一木，猶豫的問道：「我若是上報的話……」

江一木當然明白二皇子的意思，直接說道：「不要提我，千萬不要說這種丹藥是我煉製的。也許您可說，在這裡接觸上了一個神祕的煉丹大師，他把那兩顆凝魂果都煉製了；但是他要求的代價是一半的凝魂丹，或者收取四萬斤上品靈晶作為報酬。」

二皇子想了想之後，問了一句：「倘若皇室那邊不願支付靈晶，你豈不是還要再拿出九枚凝魂丹？」

江一木嘿嘿笑了兩聲，反問道：「你覺得哪個皇室會拒絕地級丹藥？」

「假使真的那樣，又該如何？」二皇子非要糾結北原皇室不願意拿出靈晶這個問題。

見到二皇子如此，江一木心中對這個二皇子的印象又低了幾分，甚至於還給他扣上一頂無能皇子的帽子。隨即也不去看他，邊走邊冷冷的說道：「你覺得，我是個肯做虧本買賣的人嗎？」

二皇子聽到江一木這句話，心中居然打了一個寒顫。自此，江一木在他眼裡，已經不再是一個少年。

五行峰山頂，天地靈氣異常充沛，幾人辭別了二皇子，由這裡的一名管事帶領著向一個山洞入口走去。

江一木見那名管事對自己一行人員很是冷漠，便拿出一顆鑄魂玄丹遞給了那名管事，說道：「這位管事師兄，這裡是一顆鑄魂玄丹，還請收下。」

「這是什麼意思？」管事看了一眼江一木，冷著臉問道。

「哦！我等第一次來到這裡，想有勞您簡單的介紹一下修煉的流程。」江一木說得很客氣。

管事掂了掂手中的鑄魂玄丹，然後看向江一木，問道：「就這個？」

江一木笑了笑，問道：「不知道等下上邊還有幾位師兄？」

管事見到江一木很會說話，點了點頭，說道：「知道今天有人過來，因此執事者還有三人。」

江一木笑了笑，又取出五枚同樣的鑄魂玄丹遞了過去，說道：「那就有勞管事師兄代為表示一下我們幾個的心意。」

笑著接過去丹藥，管事對江一木幾人的態度立刻轉變，笑意盈盈的說道：「小老弟呀！你可莫怪師兄我適才態度冷淡。這五行峰，在我們北原帝國已有數百年的歷史，自打歸帝國所有之後，就一直為本國菁英使用，而且每年每種屬性的席位只能使用一次。你們一下來了五人，每人一個席位的話，這裡今年就要封山囉！這一封山，我們這些打雜的人薪俸就會減少一半，唉……」

江一木點了點頭，惋惜的說道：「哦！那還真是不好意思。不過剛才您說的五種屬性的席位，是怎麼回事？」

管事有些奇怪的看了看江一木，問道：「怎麼？你們對五行峰一無所知？」

江一木又點了點頭。

管事哈哈笑了兩聲，說道：「五行峰上有個獨特的山洞，有著特殊的陣法機關控制，一旦啟動，便會出現金、木、水、火、土五道光門，每道光門之中只有一個席位。坐在席位之上靜心參悟，就能感受到相應屬性的奧義。因此吧！一般來說，什麼體質就找什麼屬性的席位參悟其中奧義，這樣的話，或多或少都會有所收穫。當然了，也可以選擇不同屬性的席位，去感受不同屬性的奧義，但是那樣的話，很有可能一無所獲。」

「那能得到一個不同屬性的體質嗎？」海韻兒在後面激動的問道。

聽到海韻兒的問話，管事轉頭看向海韻兒，笑著說道：「有可能，但是很渺茫。我這麼跟你們說吧！我在這裡擔任執事已經將近十年，有機會前來修行之人，應該說皆是人中翹楚吧！沒有一個能修煉出第二體質。當然了，主要是選擇參悟其他屬性的人也很少……啊！不對，沒有，是根本就沒有人選擇參悟其他屬性。」

「為什麼呢？為什麼不選擇多參悟出一個其他屬性的體質呢？」海韻兒繼續問道。

「難啊！非常之難，而且沒必要。」管事搖著頭說完，又看了看江一木，打趣道：「也就你們這些年輕人膽敢這麼妄想。要知道，即使能夠多出一種不同的體質，修煉的進度可不止難上一倍。修煉之人，想要保證單一體質的修煉資源都極其不易，更別說是兩種體質同時修煉。哎！幾位，快到山洞入口了，我讓這裡的曾管事給你們詳細的介紹一下。」

說完便招手對著前面一名老者招呼道：「曾老，今日有貴客到。」

幾人隨著那名管事走了過去，來到老者身邊，那名管事很大方的交給老者兩枚鑄魂玄丹，說道：「這幾位貴客今日要進五行峰參悟，因為什麼都不懂，想請您給他們詳細講講。哦！對了，您在這裡時間很長，您老見過有人參悟成功第二體質的沒有？」

老者接過兩枚玄丹，也很是開心。將玄丹收起後，對江一木幾人笑著說道：「幾位想要參悟第二體質的話，我勸幾位還是打消這個念頭。當然了，參悟出第二體質也不是沒有可能，之前也有過大能之人確實在這裡得到了第二體質，不過那簡直是鳳毛麟角，因此我還是想勸幾位……」

老者剛說到這裡，海韻兒又問道：「請問曾老，如果我們執意要參悟第二體質，您有什麼建議？」

「看來幾位小友就是專程為了修煉出第二體質而來，那麼我就直說了。」說到這裡，老者看向海韻兒，問道：「小丫頭，妳本身是什麼體質？想要修煉出什麼樣的第二體質？」

海韻兒向那名老者抱拳施禮，恭敬的說道：「弟子海韻兒，自身金系體質，今日來此，一心只為了參悟出水系體質，絕無他選。」

「嗯！妳這小妮子倒是很執著，妳還是金系體質，這樣的話嘛……」老者捋著鬍子想了想後，點著頭看向海韻兒，說道：「既然妳一心要修煉出水系第二體質，而且本身還是相生的金系體質，那妳的確可以試上一試，也許還真能成功。

至於說到給妳的建議嘛……我建議妳，除了正常的感悟洞中的那些水系奧義以外，還可以多想想妳以前見過的那些水系功法。如果可以的話，就在魂海中多多模擬水系功法的施放過程，這樣的話，對妳成功參悟水系奧義會有很大的幫助。」

「水系功法……」海韻兒低著頭念叨著。

江一木見到海韻兒這樣，連忙上前問向老者：「請問曾老，您這裡可有適合的練功靜室？」

「哈哈……小友，你當我們這裡是什麼地方？普通的休息房間倒是還有幾處，不過那種地方可不方便演練功法。」老者說完，又看向江一木，說道：「再說了，你們在此耽擱的時間已然不少，按說早就該……」

江一木見狀，立刻拿出兩塊幾十斤的上品靈晶，分別遞給老者和之前那名帶路的管事，抱拳說道：「還請兩位通融一下，煩請幫忙找一處適當所在，我們只須一炷香的工夫即可。」

兩人拿了那兩塊貨真價實的上品靈晶，相互看了一眼，之前那名管事收起靈晶，看著江一木，說道：「山後面倒是有一處空地，我可以帶你們過去，你們可以在那邊待上一會兒。可你們一定要小心，不能損傷那裡的一草一木。」

「多謝兩位管事，我們自然有數。」江一木道謝。

幾人都隨著那名管事來到空地，江一木也不耽擱，直接讓海韻兒盤坐在前，自己坐在她的身後，雙手抵在她的背後，準備向她傳輸水系感悟。

海韻兒也知道了江一木的用意，當下便將身體轉了過來，直接雙手平伸，與江一木的雙手合在一起。

江一木也是明白，海韻兒這是為了傳輸的速度更快、效果更好，當即收斂心神，開始專心的向著海韻兒傳輸一些水系術法的使用奧義，和自己能夠感悟到的一些水系體質的基本特質。最後還向海韻兒傳輸了全套的水系凝丹術，甚至於煉丹的手法和心得體會，都毫無保留的全部傳輸給海韻兒。

一炷香的時間過去，管事在一旁輕聲咳了兩聲，江一木也就適時的慢慢停了下來，然後問向海韻兒：「怎麼樣？」

海韻兒也不看江一木，只是點了點頭，凜然的說了一聲：「行了。」

幾人回到之前的山洞入口，老者笑著對幾人說道：「等下幾位就請進入裡面，尋找適合自己的席位開始參悟。每人都有兩個時辰的參悟時間，到了時間，席位就會自動將你們傳輸出來，聽明白了吧！」

「等等，我們再商量一下。」江一木說完便看向身邊幾人，問道：「等下韻兒肯定是選擇水系席位了，你們幾個呢？」

張富先張口說道：「我還是選擇土系席位。」

然後是單靈說道：「反正我也只是來看看，那我選擇木系席位，隨便體會一下。」

二黑出人意料的沒有選擇火系席位，而是表示很羨慕金系功法，他選擇了金系席位。

江一木看了看二黑，皺著眉勸說道：「二黑，我覺得你還是選擇火系席位，才更穩妥一些。」

二黑卻是搖了搖頭，倔強的說了一句：「我想試試。」

江一木本想再勸勸他，但是考慮到他們已經耽擱了不少時間，便也沒再開口，而是搖了搖頭，自己選擇了最後一個火系席位。

「都選好了？」老者笑著問道。

「嗯！都選好了。」幾人回答得都很響亮。

「那就開始吧！」

老者說了一聲之後，便跟之前的那名管事一左一右站到山洞兩邊，各自拿出一面令牌放了上去。

隨著一聲嗡鳴，烏黑的山洞之中亮起了五道不同顏色的光門。幾人相互看了一眼，便選擇自己想要參悟的光門走了進去。

有了多次空間穿越經驗的江一木一進入那道火紅色的火系光門，便在一瞬間就記住了光門之中顯現出來的全部符紋。

進入光門，坐到了那個席位之上，他並沒有急著感悟這裡那些火熱的火系奧義，而是轉過身去，集中全部精神，去解析那道光門裡所有的符紋。

終於，一個時辰之後，江一木順利的破譯掉所有的符紋，他卻有些失望起來。原來那道光門只是一座人為的符紋陣法，跟這裡面的火系奧義沒有一點點的關係。這讓想通過破解這道光門，從而得到這裡所有奧義的江一木感到很是無奈。

不過他轉念一想，雖然這道光門和這裡面的奧義毫無關係，但是他已經能夠控制這道光門的開啟和關閉，也是件很好的事情。隨即便將光門自動關閉的時間取消，而後平心靜氣的在裡面感悟著那些火系奧義。

兩個時辰之後，江一木憑藉著強大的魂海，感悟到這裡面三成左右的奧義。但他才不會滿足於此，既然身後的光門可以由他隨意控制，他居然從石碑空間之內取出了一個火系煉丹爐，按照他初進北麓武堂之時，在楊將軍練功靜室之內看過的那些火系煉丹術，在這個充滿了火系奧義的寶貴山洞之中，不緊不慢的煉製起丹藥。

雖然這是江一木第一次使用火系煉丹術，但是由於他強大魂海的加持，以及那個品質上乘的煉丹爐，只是一個時辰，一爐高級火系續靈金丹出爐。

打開丹爐，藥香瀰漫了整個空間，江一木很是開心。收好這爐丹藥，他又開始煉製初級火系鑄魂玄丹，一個時辰之後，又是滿滿一爐好丹。

看著這些火系鑄魂玄丹，江一木感覺到火系煉丹術相比於水凝煉丹術，雖然多浪費一些材料，但是時間節省了一半，而且消耗的靈魂之力也只是水系凝丹術的一成左右。細想之下，這些可能都跟煉丹爐有著關係，看來他以後也得弄一個高級水系煉丹爐，那樣的確會方便不少。

此時，江一木在這裡已經待了足足五個時辰，但是那道光門卻仍然亮著沒有關閉。看了一眼那道光門，江一木感覺很是開心，然後觀察了一下自己體內，已經有一條細細的紅色靈氣，伴隨著原本的水、木、金三系靈脈遊走，當下便安心下來。看來火系體質他也有了，就是這麼簡單！

不過想到能進入這個滿滿火系元素空間的機會的確難得，江一木又盤膝坐下，開始在體內自製起符紋靈丹。不到三個時辰，符紋靈丹便在體內完成。

此時那條火系靈氣在那顆火系靈丹的作用之下，自主的在體內遊走，並同時吸收這裡珍貴的火系元素。

三個時辰之後，那條遊走在體內的火系靈氣吸收了大量火系元素的情況之下，已經變得跟那三條靈氣一樣粗細。

「哎呀！真是意外之得。」江一木觀賞著那條火系靈力在自己體內遊走，感覺今天真的是太幸運了！沒消耗自己一點靈晶，就這樣多了一條靈脈。「哎呀！我可真的是一個有才華的人啊！」江一木開心的直誇自己。

本想這就結束，但是看看這個空間內還有很多的火系元素，江一木直接運用起吞天神功，將這些火系元素一點不剩的都吸進了小妖界裡儲存起來。

江一木控制光門將自己傳輸出去之時，張富和二黑都關心的跑了過來，詢問江一木是不是出了什麼意外。只有單靈站在那裡笑而不語，因為她很確定，這是江一木又有了新的收穫，而且肯定不小。

應付完張富和二黑，江一木沒見到海韻兒，便問向一旁笑意盈盈看著自己的單靈：「韻兒呢？她成功沒有？」

單靈點了點頭，說道：「成功了。見你很久沒出來，她去山後的那片空地，鞏固她剛剛得到的水系體質了。」

「哦！那我們去找她吧！」江一木說完便轉身要去找海韻兒。

「一木啊！你剛出來，那名管事大哥就去找韻兒了，你別去了。」張富在一旁說道。

江一木聽後便停下腳步，又轉過身來，看了看張富，問道：「你怎麼樣？」

張富笑呵呵的說道：「感悟了很多東西，現在感覺，即使是一些結丹期才能用到的術法，我也能嘗試一二了。而且我感覺，我應該很快就能再次升級了。」

江一木表示祝賀的拍了拍張富的肩膀，隨後問向二黑：「你呢？」

二黑被江一木一問，不好意思起來，低著頭說道：「我是我們之間唯一沒有成功的。」

江一木聽後，哈哈大笑著說道：「你吧！一直都是太心急了，向張富大哥那樣多好！你呀……」說到這裡，江一木突然想到，二黑剛才說他是唯一沒有成功的，那代表……

江一木看向單靈。「妳得到木系體質了？」

單靈笑著向江一木使勁兒的點了點頭。

「太好了！我的靈兒。」江一木開心的抱起單靈，就開始原地轉圈。

「一木哥，謝謝你。」這時候海韻兒的聲音傳了過來。

正抱著單靈轉圈的江一木聽到海韻兒的聲音，就停了下來，將單靈穩穩的放到地上，拍了拍她的腦袋之後，就走向了海韻兒，輕聲的問道：「真的成功了？」

海韻兒點了點頭，說道：「成功了。」

江一木笑著說道：「妳這水系體質算是來之不易，我也總算安下心了。以後就留在我身邊吧！我可能要在這邊待上很長一段時間。」

「不。」

海韻兒的一聲回答，讓江一木很是意外，然後很認真的看著海韻兒，問道：「為什麼？」

海韻兒搖了搖頭，很是傷感的說道：「一木哥，我可能要離開你了。」

「這是為什麼呢？妳不是就想要個水系體質嗎？現在不是得到了嗎？妳怎麼

還……」江一木說到這裡，突然感覺到，眼前這個他曾經一心呵護的小妹妹，此時似乎已經羽翼豐滿，不再需要他這個哥哥在往後的日子裡為她擋風遮雨了。

集體一陣沉默之後，江一木情緒低落的對大家說道：「唉……算了，我們走吧！很晚了，二皇子還在等我們呢！」

二皇子雖然等了很久，但見到幾人垂頭喪氣的走了出來，還以為他們都沒有成功，安慰了幾人幾句，便帶著他們返回驛館。後來，本想再找機會和江一木聊聊，但是見到幾人的樣子，也就悻悻然的獨自回到領館。

江一木他們這次五行峰之行，本來可以說收穫滿滿，但是因為江一木和海韻兒的關係，每個人的情緒都很低落。回到驛館之後，也就回到了各自的房間休息去了。

江一木從五行峰回來的路上就已經想了很久，海韻兒到底為什麼會那樣，但就是想不明白；回到驛館之後，他仍舊想不明白，後來索性什麼都不去想了，直接脫了衣服，睡起了大覺。

次日一早，江一木便早早的起床，本想去靜室煉製丹藥什麼的。可門一打開，便見張富站在門口，隨即問道：「你什麼時候來的？怎麼不進去？」

張富呵呵笑道：「剛來，正想著要不要敲門呢！」

「進來吧！別站著了。」

江一木一邊笑著，一邊將張富讓進房內。只是兩人還沒坐下，二黑也從自己房間出來，跑到了這邊。

見到二黑也跑了過來，江一木頗覺得好笑，問道：「你怎麼也來了？有事啊？」

二黑還沒說話，走廊裡房門輕響，海韻兒也從房間走了出來，走到了江一木的房間。

見到海韻兒也過來了，江一木笑著招呼道：「都別站著了，坐下吧！坐下吧！」然後便走到門口，向外張望著。

「一木，你看啥呢？」二黑問道。

「哦！就差單靈了，她怎麼沒來？」江一木撓了撓頭，轉身回到房間坐下，然後看向幾人，問道：「說吧！都什麼事？」

張富先開口說道：「我倒是沒什麼事，就是過來看看你怎麼樣了。」

「一木，我跟他一樣。」二黑也跟著說道。

見海韻兒就只是坐在那兒，江一木笑著問道：「妳呢？也是過來關心我的？」

海韻兒搖了搖頭，看向江一木，說道：「不，我是來辭行的，我要走了。」

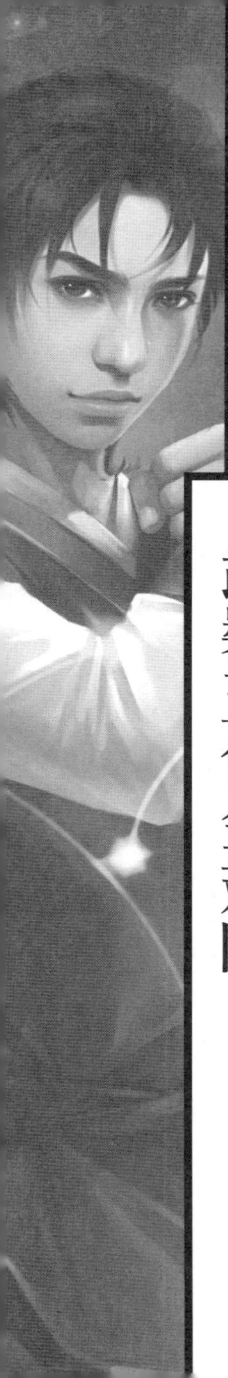

第八章

武裝五色金翅鵰

「啊！去哪兒呀？」屋裡幾人同聲問道。

「海神島，很遠。」海韻兒說完，就站了起來，看向江一木，語氣堅定的說道：「我的家在那裡，我要回去，拿回屬於我自己的東西。」

「拿什麼呀？我們去幫妳拿吧！」二黑在一旁很不合時宜的插了句嘴。

江一木瞪了二黑一眼，說道：「你別說話，聽韻兒說完。」

「說完了。」海韻兒看著江一木，說道。

「啊！說完了？」江一木很不理解，然後又看了看海韻兒，又轉頭看了看二黑和張富，隨即轉過頭來，看著海韻兒，說道：「二黑說得也對，我們可以陪妳走一趟，或多或少的總可以幫上點什麼吧！」

「不。」海韻兒只回答了一個字。

縱使江一木魂海強大，心胸寬廣，也被海韻兒現在這個樣子，氣得心中升起一股無明火。掐著腰，原地喘了幾口氣後，突然伸手指著海韻兒，說道：「想走是吧？妳再等我三天，三天之後，我送妳走。」說完，便一個人進到了靜室，又立刻從靜室進入小妖界。

來到小妖界的第一件事，就是找到那隻已經長大的三階金系靈禽——五色金翅鵬。見牠雖還未完全成年，但是在這裡濃郁的妖氣和大量育獸丸的滋養下，現在體型已經非常龐大，兩翼張開，足有丈餘；尤其是其兩隻金色巨爪，更是顯得威風凜凜。

摸著五色金翅鵬的金色羽毛，江一木還真是捨不得這隻在小妖界裡破卵而出的小夥伴。但隨即很快就將心神穩定下來，拿出符筆，開始在牠的雙爪和巨喙之上繪製了消滅符紋，已達到減弱對手整體實力的效果。

考慮到腹部是牠全身最為脆弱的地方，又在牠腹部的皮膚之上繪製了大量的防守和隱匿符紋，之後又不厭其煩的在牠雙翼的每一根羽毛之上都繪製了增幅符紋。

做完這些，已經過去兩天兩夜，縱使江一木魂海深厚，也因為這兩天的海量符紋繪製感受到絲絲睏意。雖是如此，江一木也不肯休息，立刻將五色金翅鵬召喚到一個育獸袋當中，又往裡面裝了大量的育獸丹，便退出了小妖界。

打開石門，從靜室出來，江一木很意外的發現，海韻兒此時正等在靜室之外。

「一直等在這裡？」江一木問道。

海韻兒點了點頭，然後看向江一木，說道：「我要走了，想讓你再陪我逛一逛這裡。」

「行，走吧！」江一木點著頭回答。

帶著海韻兒走出驛館，江一木看著她，問道：「妳想去哪裡？」

「都行。」此時的海韻兒顯得很是溫順。

「哦……」江一木想了想，隨即拉著海韻兒的手，說道：「走，給妳買艘飛舟去。」

兩人騎上靈馬，直奔單靈提到的那家飛舟店鋪。到了店鋪，繳納了保證金，兩人便走進店內逛了起來。

此時正值上午時分，店鋪內除了江一木和海韻兒，也沒有別的顧客光臨這裡。店內的夥計便殷勤的跟在兩人身後，逐一為江一木介紹各種飛舟的性能以及價格。

半晌之後，江一木看上了一艘整體遍布鎧甲，動力強勁，飛行速度極快的飛舟。但海韻兒看都懶得看一眼，她喜歡的則是一艘粉紅色的小巧飛舟。

江一木站在這艘飛舟前面，皺著眉頭，看著能容納四個人的小巧船艙，對海韻兒說道：「這個肯定不行呀！不說它有多小，這粉紅顏色太容易被歹人盯上，再說，它確實是太小了啊！」

海韻兒卻說道：「小是小了點，但操作很簡單，關鍵是節省靈晶，千里行程，只耗費一斤上品火系靈晶，最關鍵的是——好看。」

「不能光想著好看和節省靈晶，妳得在海上長時間飛行，很危險的。」江一木很替海韻兒的安全擔心。

「反正我就是喜歡這個。」海韻兒表現得非常固執。

見海韻兒非常喜歡這艘飛舟，江一木笑了笑，說道：「喜歡就喜歡，我買給妳。過段時間再走，行嗎？到時，我陪妳。」

「不。」海韻兒又一次堅決的拒絕了江一木。

「唷！一木啊！這麼巧？」

江一木身後響起一個熟悉的聲音，轉頭看去，原來是殷明正走進店中。

江一木隨即走了過去，抱拳笑著說道：「我陪我朋友來這裡看看飛舟。你身為堂堂中原帝國皇子，也需要自己買飛舟？」

殷明哈哈笑著走了過來，見到江一木身邊居然是海韻兒，便打趣道：「唷！還說是朋友，這不是你那個愛吃醋的小媳婦嗎？」

「別瞎說，這是我妹妹——海韻兒，她過兩天要獨自遠行，我想買艘飛舟送她。」江一木說道。

「哦！想買飛舟送她，看好哪艘了？我送妳。」殷明出言很是大方。

江一木哈哈笑道：「我送我小妹妹的禮物，靈晶得我自己出。哎！你還沒說你來做什麼，不是真來買飛舟的吧！」

殷明拉著江一木走到一邊坐了下來，蹺起二郎腿，說道：「這是我五皇兄的私營店鋪，厲害吧！整個中原帝國，僅此一家。」然後擺手將夥計叫了過來，說道：「這是我朋友，他看好了哪艘飛舟，給個半價優惠。」

「半價？」那夥計吃驚的看向殷明。

「對，半價，我說的。等下我五皇兄過來，我直接跟他解釋，你照做就好了。」殷明毫不在意的說完，又看向江一木，問道：「怎麼樣？決定好選哪艘了嗎？」

江一木剛要說話，海韻兒在一旁搶著說道：「那艘粉色的。」

殷明隨著海韻兒手指的方向看了看那艘粉色的飛舟，說道：「那小東西倒是適合女孩子，不過嘛……妳獨自駕駛出去的話，還是太惹眼了，所以說就只適合往來一、兩座郡府之間使用。」

然後便伸手指向不遠處的一艘金黃色的小巧飛舟，說道：「選那個吧！稍微貴一點，也挺好看，主要是有特定的加速功能，那種加速功能可以使用金系靈氣或者金系靈晶驅動，很適合妳。」

「哦！」海韻兒聽了殷明的介紹，便站起身來走了過去，摸了摸那艘飛舟後，又看向殷明，問道：「它省靈晶不？」

殷明實在沒想到海韻兒會問出這個問題，看了看江一木，又看了看海韻兒，說道：「妳守著這個財主，還需要考慮靈晶？」

海韻兒搖了搖頭，也沒解釋什麼，看向江一木，說道：「那就這艘吧！」

見海韻兒選定了飛舟，江一木便站起身來，向殷明抱拳說道：「多謝了，那就這艘了。」說完，就帶著海韻兒，跟隨夥計辦理交接手續去了。

辦完手續，海韻兒滿意的收起飛舟，和江一木又坐回到殷明的身邊。

「你不選一艘？」殷明問向江一木。

江一木點了點頭，說道：「我以前有一艘，後來送朋友了。」

殷明哈哈大笑道：「那正好了，我帶你看個好東西。還記得我說過要送你一份大禮嗎？」

江一木搖了搖頭，說道：「改日吧！今天就是專程陪韻兒出來的。」

「怎麼了呢？以後不再見面了？」殷明一會兒看看江一木，一會兒看看海韻兒。

「不說這個了，今天我先走了，改日我再找你。你不是還要帶我長長見識嗎？」江一木站起身來，強笑著跟殷明招呼了一句，就帶著海韻兒走了出去。

一整天，江一木帶著海韻兒逛逛吃吃，海韻兒自己又買了很多的衣物和首飾。江一木還逗她像是採購嫁妝，海韻兒則表示，她家那邊是海島，這些東西那邊很少能見到，所以才要多買一些。

直到傍晚，江一木和海韻從一家店鋪走了出來之後，拉著海韻兒的手，說道：「韻兒，不早了，我們回去吧！晚上跟張富和單靈他們一起吃個飯，明日一早，我送妳出城。」

海韻兒則是搖了搖頭，深情的看向江一木，說道：「一木哥，趁著我現在開心，你就送我出城吧！」

聽到海韻兒現在就要離開，江一木站在街口，抬頭仰望天空良久，隨後咬著牙，說了一個字：「行。」

兩人騎著靈馬來京城城外，又默默的前行了百餘里路，到了一處山腳之下。

海韻兒率先開口說道：「一木哥，別送了，我就在這裡換乘飛舟了。」

「嗯！也好。」江一木答應一聲，從馬上下來之後，便站在原地看著海韻兒。

海韻兒也下了靈馬之後，將靈馬收進育獸袋，也不去看江一木，取出了飛舟就準備上去。

「等等！」江一木叫住了海韻兒，將腰間的育獸袋解了下來，遞向海韻兒，說道：「這是我送妳的禮物——三階金系靈禽五色金翅鵰，以後可以給妳做個伴。」然後看著接過育獸袋的海韻兒，又說了一句：「過來。」

「嗯！」海韻兒輕輕答應一聲，就慢慢的走近江一木。

江一木輕聲說了一句：「閉上眼睛。」

之後，將右手輕輕放在海韻兒的脖頸後面，將她摟了過來。慢慢的，江一木將額頭抵在海韻兒的額頭之上，然後，一個控制五色金翅鵰的魂鍊令牌便傳進了海韻兒的魂海之中。

海韻兒很自然的接受了江一木的那個魂鍊令牌之後，也慢慢的向江一木傳輸了一個位置座標。

良久，兩人慢慢分開，海韻兒說道：「一木哥，答應我，不到結丹後期，不要來找我，很危險。」

江一木點了點頭，說道：「十年吧！應該差不多了。」

隨即，江一木退後兩步，抖了抖肩膀，振作起精神。又拿出一個儲物袋，扔進了飛舟之內，笑著說道：「裡面是一些金、火兩系靈晶，我猜想，妳的家鄉這些東西應該沒有多少吧！」

海韻兒也笑了起來，俏皮的看著江一木，問道：「你怎麼知道？」

「選飛舟的時候，見妳總是在意靈晶的消耗，我就猜到了。好了，走吧！」江一木笑著說道。

海韻兒點了點頭，隨即決然的轉身上了飛舟，駕馭著飛舟呼嘯而去。

看著飛舟越行越遠，直至消失在視野之中，心中很是失落的江一木騎上靈馬，向著京城走去。

一路上，他總是希望能聽到自己身後飛舟飛回來的聲音，可……非常靜，靜得甚至連一艘路過的飛舟都未曾出現。

就這樣，江一木渾渾噩噩的終於回到了驛館，收起靈馬，站在外面定了定心神，驅散了心中的陰霾，便大步走進驛館，回到了自己的房間。

聽到江一木房間的開門聲，單靈、張富和二黑都同時走了出來，來到江一木房間。看到只有他自己在內，單靈問道：「韻兒呢？」

江一木看著幾人奇怪的眼神，笑了出來，說道：「你們這是做什麼？進來呀！」

「韻兒呢？她不會是已經走了吧！」單靈猜測道。

「嗯！走了，突然……就說要走了。」

房間一片寂靜……

少頃，還是單靈先說道：「我們還特地讓樓下準備了酒菜，等你們回來，給她送行呢！」

「我們吃，走吧！下樓，今天我們一醉方休。」江一木哈哈笑著站起身來，將幾人摟拽著都帶下了樓去。

進到驛館的包廂之內，江一木端起酒杯，說道：「來，為了慶祝我們前日五行峰之行的收穫，先喝一杯。」

「等等啊！那天我可什麼收穫都沒有啊！」二黑委屈的喊道。

江一木見到二黑如此，與張富和單靈相互看了看，隨即幾人都放聲大笑起來。

「你們笑什麼呀！」二黑更委屈了。

江一木先是將手中酒一飲而盡，然後看向二黑，說道：「都讓你選擇參悟火系奧義了，你不聽勸，你說這怪誰？」

「我不聽勸？你也沒誠心勸我呀！你倒是使勁兒勸我呀！」二黑說完，也仰頭將一杯酒喝了下去。

江一木哈哈笑著說道：「你吧！從小就強，遠的不說，我那時候勸你不要帶那幫人去青羊谷，你沒聽吧！後來你差點被那幫歹人炸飛了是吧！再後來我勸你不要亂服丹藥，你還是沒聽吧！你看看上回你服用那個，啊！現在是叫『洗髓丹』時，洗出你多少體汙，這把我熏的。還有啊……」

「行了！你別說了。」二黑急忙將江一木攔下，端起一杯酒，說道：「我以後聽勸行了吧！」便將酒一飲而盡，然後看著江一木，說道：「你還別說，要不是我非要去青羊谷，我還進不了北麓武堂呢！啊！還有，我不拚命服用丹藥，哪裡能有今天的修為？」

說到這裡，又端起一杯酒，敬向江一木，說道：「當然了，一木，這中間都必須有你，兄弟我在這裡謝了。」說完便又端起酒杯，一飲而盡。

「好！」大家叫好起來。

江一木當然也高興的陪著喝了一杯，但他心裡還真就琢磨起二黑說的那些話了。要不是當日二黑執意要去青羊谷，也沒有後來的兩位大神幫他分離魂海，就更別說現在自己這番成就了。即使是二黑亂服丹藥，後來也因為洗髓丹的事情，勾出了十三皇子的險惡嘴臉。就是前幾日二黑不聽勸阻，執意沒有選擇參悟火系奧義，也陰錯陽差的讓他獲得了火系體質。看來二黑有的時候的確執拗，但還真算得上是他的一個福星。

當然，這些想法就是一瞬間的事情，後來在二黑的自嘲之中，幾人吃吃喝喝，氣氛也變得熱鬧起來。

就在幾人推杯換盞之際，殷明風風火火的跑了進來。見到幾人吃喝得歡快，便也絲毫不見外的自顧自坐了下來，自己倒了一杯酒，一飲而盡。然後看著幾人，邊抹嘴，邊說道：「你們倒是吃得歡快，惹事了知道嗎？」

「啊！誰呀？誰惹事了？」江一木問道。

殷明也不理睬江一木，拿起一塊骨頭就啃了起來。

「喂！您貴為中原帝國嫡系皇子，就這麼吃飯？」江一木在一旁笑著問道。

「哈哈……前幾天陪我恩師煉丹，後來又去找我五皇兄聯繫丹藥商行的事，好幾天沒吃飯了。雖然我修為還行，不是很餓，可這飯食的確真香！」殷明笑哈哈的說了幾句後，又繼續啃起骨頭。

「別吃了呀！你先說說，誰惹事了？」江一木催促道。

「你們呀！你們惹事了。哈哈……」說完，殷明又拿起一塊骨頭，啃了起來。

「我們惹事了，你還吃得這麼開心？再說了，這骨頭還有很多肉呢！你就扔了？你們皇子都這麼糟蹋東西？」江一木見殷明吃得這麼歡樂，料想定然不會是什麼大事，便開始數落起這位中原帝國三十九皇子。

殷明將手中的骨頭啃了三口兩口，又扔到桌子之上，拿了張餐巾擦了擦嘴，笑著說道：「咱今天別提皇子，我大半夜特地跑來，一個是告訴你，店鋪啊！我弄到手了，明天開始簡單裝潢一下，三兩天就能營業。不過這都不重要，重要的是，你們這回惹出的事情，可都驚動帝國了。」

然後逐個看了看幾人，問道：「你們前幾日去五行峰，誰參悟了火系奧義？」

江一木聽後，心裡咯登一下，想到，莫不是他把那道自動符門弄壞了不成？那也不至於驚動帝國吧！但想歸想，還是回道：「我呀！我進去的，有什麼問題嗎？」

「哎喲！真的是你呀！據我所知，你修煉的是水、木雙系體質吧！怎麼又想著去參悟火系奧義了？你可真是……」說到這裡，殷明突然一愣，隨即瞪著眼睛，看向江一木，問道：「你不是又參悟出一種火系體質了吧？」

江一木既不想欺騙殷明，又不想讓別人知道自己有著多種體質，於是皺著眉頭，對殷明說道：「你三十九皇子可真是瞧得起我，我哪有那個本事？你還是直說吧！到底怎麼了？」

殷明聽了江一木的解釋，鬆了口氣，說道：「嗯！諒你也不可能那麼妖孽。哦！聽說你在裡面待了好幾個時辰，後來等你出來，那邊管事去檢查符紋陣法是不是出了問題。卻發現陣法倒是正常，但是那個火系空間幾乎完全失去效果。這兩天去了好幾批高手檢測，最後還是我恩師下了結論——由於守護火系空間的那座符紋陣法臨時故障，導致空間裡面的火系元素全都漏光了。」

「噗！」江一木剛喝進嘴裡的一口酒差點噴了出來，急忙拿起餐巾擦起嘴來。

殷明看了江一木，疑惑的問道：「你這是什麼反應？我恩師說的不對嗎？」

「對對！他老人家明察秋毫，神機妙算。來來！我們敬他老人家一杯。」隨即便又斟滿一杯酒，舉杯邀眾人一飲而盡。

「哎！你這反應就對了，你在那個火系空間裡面肯定做了什麼。我告訴你，你還真說對了，我恩師還真是明察秋毫。他的結論我都不信，你說別人能信嗎？」殷明一臉壞笑的看向江一木。

「這才是他老人家的大境界嘛！」單靈在一旁笑著舉起酒杯，說道。

「哎！妳是一木家的小媳婦是吧？光舉著酒杯那可不好，來！本皇子敬妳一杯。」殷明注意到單靈後，立刻來了精神。

「一木哥，他也取笑我，天底下的皇子怎麼都是這個樣子呀！」單靈委屈的看向江一木。

「喂！弟妹，我可沒取笑妳呀！妳跟我一木老弟的確是天作之合嘛！」殷明見到單靈向江一木抱怨，立刻解釋起來。

單靈也笑了起來，舉起酒杯，對殷明說道：「中原大國的皇子就是說話好聽。來，妹妹連敬你三杯。」說完便一杯接一杯的連喝了三杯。

殷明看著單靈連喝了三杯，也立時來了興致，舉杯說道：「好弟妹，今天哥哥必須奉陪。」說完也連續喝了三杯下去。但是喝完他想到一個問題，隨即問向單靈道：「弟妹，妳適才說天底下皇子都一樣，是什麼意思呀？」

「哦！她是說北原的九皇子。」江一木連忙將話接了過來，然後也倒滿一杯酒，說道：「他是我在北原的合作夥伴，性格跟你很像，直爽、豪邁。」

「哦？那我得見見啊！能被你老弟看上的，定然不是等閒之人啊！明天你就修書一封，讓他快些過來。」殷明此時說話，顯然已經帶了幾分酒意。

江一木哈哈笑道：「他身為皇子，要來這裡，是需要提前通報的，太麻煩。哎！我們不說他了，研究一下丹藥商行的事吧！」

「哎！不用研究，簡單收拾一下，直接營業就行。我就是憑藉我恩師的名號，也能招來大批客源。」殷明揮手說道。

江一木笑了笑，說道：「生意可不是這樣做的。再說，我們那家店鋪，還是不用梁大師的名號為好，咱得為他老人家的名節著想嘛！」

「哦！對對，是我考慮得不夠周全。來！我自罰一杯。」殷明說完，便自己罰了自己一杯。

江一木也不阻攔，等他喝完，又繼續說道：「店鋪牌匾，我來繪製，原來叫什麼名字，以後還叫什麼名字。只不過我可以在牌匾裡面加入一些聚靈符陣什麼的，讓過路的客人經過我們店鋪之時都舒爽一些。當然了，這都是小事，主要的一點，我想在開業那天，拿出兩顆洗髓丹公開拍賣，你看如何？」

「兩顆？你之前不是答應過我恩師，每次只拿出一顆拍賣嗎？」殷明有些猶豫。

江一木笑了笑，說道：「新店開業嘛！這都正常。再說了，我當時說的是，每次交丹藥，就拿出一顆我們自己拍賣。我直接交出二十顆丹藥，不就沒有問題了？關鍵吧！洗髓丹，一般人一次得服用兩顆，效果才最好，因此吧！第一次要同時拍賣兩顆，才能起到最好的宣傳效果。」

「嗯！還是你老弟考慮得周全。明日我就跟我恩師知會一聲，免得他老人家產生誤會。」殷明稱讚道。

第九章

黑甲、黑靈

江一木點點頭，道：「嗯！這樣甚好。哎！之前在祕境裡，我覺得你對嶺南和西域的態度，看上去似乎有些偏見啊！為什麼？」

殷明聽後，放下筷子，靠在椅背上喘了口氣，說道：「西域那邊盛產珍稀藥材，我們中原帝國呢！又多是一馬平川，藥材這種東西，那是少之又少，因此吧！我們就很是依賴他們。

也正是因為如此，他們時常以次充好，我們又不能斷掉這層關係，因此帝國這邊對他們的厭惡是由來已久。不過還好，這只是國與國的事情，我個人對他們倒沒太大反感。

嶺南那邊就不一樣了，你也知道，我五皇兄的生意，主要依靠飛舟出口。飛舟的主要材質就是琉璃金礦和精鐵礦，但這兩種礦石都很依賴嶺南那邊。前幾年還好，這幾年他們是年年漲價，而且漲得離譜啊！搞得我五皇兄那邊製作飛舟的成本是越來越高，苦不堪言。」

說到這裡，殷明自斟了一杯酒喝了下去，又說道：「自小我五皇兄就對我很好，他的難處就是我的難處，你說我能不恨嶺南的人嗎？」

「琉璃金礦和精鐵礦？北原有啊！我就有四座礦脈，咱們可以研究研究嘛！」江一木哈哈大笑起來。

「啊！你就有四座礦脈？你自己的？」殷明疑惑的問道。

「不信是吧！」江一木隨即從小妖界中，向自身攜帶的儲物袋裡導入了一些琉璃金礦和精鐵礦石，然後將儲物袋遞給殷明，說道：「這裡是一些礦石，你拿回去，先讓你五皇兄鑒別一下成色。」

「嘿！你還真是個人材，什麼東西都隨身帶著。」殷明笑著誇了江一木一句。

「哈哈……今天很開心呀！那，我還有個事，三十九皇子可有辦法？」江一木見殷明心情舒暢，又想託殷明辦點事情。

「滾！你小子會不會說話？今天我們必須以兄弟相稱，有事你就直說。」此時殷明明顯已經酒意上頭。

「哈哈……那我就說了啊！您看看有沒有路子，讓北原的二皇子回國？」江一木見到殷明露出了疑慮的眼光，連忙解釋道：「哦！北原的九皇子就是我在北原的合夥人，跟他二皇兄，就是二皇子關係很是親密，就跟你和你五皇兄差不多。他很想讓二皇子回國，那樣的話，我和他在北原皇室的話語權還能多上幾分。」

「啊……讓北原的老二回國……」殷明念叨一聲，便坐到椅子上，手指輕敲著桌面，抬頭望著天花板，衡量著辦成這事的可行性到底有多大。思索良久，殷明說道：「讓他回去，其實並不難辦，只要太子留在這邊即可。關鍵是，得要有個由頭才行。」

「由頭？」江一木想了想之後，一拍桌子，說道：「就讓他回北原辦理礦石進口的手續，並且以後負責和這邊的材料交易，你看怎麼樣？」

「高呀！你小子實在是高呀！」殷明大笑著誇讚道。而後他看向江一木，問道：「北原有像樣的材料交易市場嗎？我們這邊的需求量可大得很呀！」

江一木哈哈大笑著說道：「北原最大的材料市場現在已經開始建設，陸續有很多店家都開始營業了。這點，你就放心吧！」

「就算北原有大型材料市場，你至於這樣開心嗎？」殷明瞅了江一木一眼，便又自斟自飲起來。一杯酒下肚，殷明看向江一木，問道：「那個材料市場也是你的？」

「啊！哈哈……只是有些股份而已。」江一木笑得有些尷尬。

殷明聽後，盯著江一木看了半天，突然說道：「不對呀！你這談了半天，都是在幫北原賣東西呢！不對啊！你這不對。」

江一木愣了一下，隨即說道：「也是啊！不過中原帝國也可以與北原那邊交易一些價值更高的東西。」

「什麼呀？」殷明突然來了興致。

「仙靈丹。我從即日起停止供應北原仙靈丹，並且也可以讓二皇子帶話回去，讓九皇子也全部下架那邊的仙靈丹。還有育獸丸，我也可以大量的提供給咱們商行，同時向周邊幾國出口。不過銷路嘛！我就不敢保證了。」

「你還有育獸丸？西域和嶺南都需要呀！只要你有貨，我五皇兄可以跟嶺南那邊直接對接。」殷明在聽到育獸丸之後，酒意立時就醒了一半。

江一木哈哈笑著點了點頭，說道：「給！這是育獸丸的樣品，你拿著。今晚我就閉關，三日後我先給你第一批丹藥。至於其他的事情，你來處理。」

酒席散去，江一木安排張富和單靈次日去丹藥商行幫忙裝潢新店，而江一木自己則直接進了靜室，又從靜室來到了小妖界。

這次進入小妖界，江一木首先找到紫蓮，交代她先把手中的土龍煉體丹暫時放一放，這兩天先煉製一些她原來的煉體丹。

然後又來到龜妖那裡，龜妖見到江一木過來，立刻從水潭中爬了出來，一晃身軀，進階之後的化形虎便跳了出來。

「哇！」江一木驚呼。

此時化形虎的身軀大小雖然沒有什麼太大的變化，但原來只存在於後背的那個由龜殼演變出來的鎧甲已經遍布全身。不止後背、四肢、前額，就連腹部都有一層黑亮的鎧甲，將牠全方位的武裝起來。

江一木走上前去，對化形虎的嶄新鎧甲上下其手，摸個沒完，然後讚歎道：

「真有手感啊！」

「好看嗎？一木小主。」化形虎突然甕聲甕氣的口吐人言。

「能說話了還！」江一木又驚訝了一次。

「老龜能有今日，多謝一木小主。」化形虎又說道。

江一木點了點頭，隨即說道：「給你取個名字吧！今後你就叫『黑甲』，你可如意？」

「多謝一木小主賜名。」化形虎謝過一聲之後，身形又是一晃，牠的靈魂化形也跳了出來。此時的靈魂化形之軀相比之前凝實很多，而且還呈現出淡淡的綠色。

江一木看後讚歎道：「嘿！你這靈魂化形也快接近真人了啊！而且，你的化形之軀還有本體完全可以同時行動了。這可真是可喜可賀啊！那麼這個靈魂化身就叫『黑靈』可好？」

「多謝一木小主賜名。」靈魂化身的聲音聽起來就靈動很多。

看著龜妖的靈魂化身，江一木感覺著實開心，隨即便將完整的水系凝丹術和他自己煉製水系丹藥的整體感悟，都直接通過靈魂傳授過去。

之後，江一木便很欣慰的抱著胳膊，站在一旁，看著黑靈在那裡兢兢業業的為他煉製育獸丸。

「啊！又多了一個好幫手。」江一木讚歎道。

「一木、一木……你來呀……你來呀！」老樹妖那邊傳來了無影的聲音。

「今天這無影的聲音，聽起來怎麼帶著點猥瑣呢？」江一木有些狐疑的來到了老樹妖下面，對著樹上的無影問道：「找我什麼事？你下來，還是我上去？」

「我們下去就行，你可別吃驚啊！」

無影回答了一句之後，就從老樹妖的上邊飄飄然的飄下來三個光人。

江一木見到這三個光人，驚得嘴巴張得老大。

雖然江一木猜到了無影肯定成功凝聚了化形之軀，但他沒想到的是，他兩個媳婦也同樣凝聚出了化形之軀。而且他兩個媳婦的樣子，一個像單靈，一個像海韻兒。

江一木驚訝了半晌，然後看向跟自己很像的那個光人，說道：「你是不是變態呀！你凝出的人形像我也就罷了，你的兩個媳婦……這就太過分了呀！」

「我可不覺得，我覺得這樣很好。是我讓她們這樣凝聚靈魂之軀的，哎呀！可真是完美。」無影顯得很是自豪。

「你等等、你等等！按說吧！你們凝聚出什麼樣的靈魂之體，我呢！應該管不著。可是你把你兩個媳婦化成韻兒和靈兒的樣子，你說，我一想到你跟你這兩個跟韻兒和靈兒很像的媳婦行那個、那個……夫妻之事，啊！你說，我心裡得什麼滋味？」

「你為什麼要去想呢？你為什麼要去想那個呢？一木啊！你很下流啊！」無影的這個化形之軀一本正經的指責起江一木來。

江一木聽後，很鄙視的看著他，說道：「還說我下流？你當日在祕境之中見到你家那個大老婆的時候，你還記得你什麼樣子嗎？哎喲！你都變紅了你。嘿！那個紅呀……」

「過分了啊！一木，你過分了啊！」化身表示自己很是氣憤，背著手在原地飄來飄去好一會兒，然後看著江一木，說道：「我跟你解釋一下啊！我跟你解釋一下。我呢！現在是我的靈魂化身，那兩個呢！是我大老婆和二老婆的靈魂化身。既然都是靈魂化身呢！我們就只會靈魂交流。至於你說的那個行夫妻之事，那得是肉身做的事情。我的本體和化形之軀都可以做那種事情，但是靈魂之軀則不行，這樣你懂了嗎？」

江一木點了點頭，自言自語道：「你說的，似乎還真有那麼一點點道理。」

這個時候，一直被忽視的老樹妖突然開口說道：「一木主人，還有一點，就是審美觀的問題。比方說，你見到一朵盛開的鮮花，你會覺得它很好看，對吧！但是，你會想著跟那朵鮮花行夫妻之事嗎？所以說，無影的這個靈魂化身，只是單純的覺得單靈小姐和海韻兒小姐那樣的身軀很是完美而已，他並沒有其他的想法。」

「哎！你說得更有道理了啊！」江一木笑著誇讚道。

這時無影的靈魂化身也誇道：「嗯！還是老人家道理懂得最多。」

可這時，老樹妖又補充了一句：「無影牠們一家，在我的樹洞裡經常行那夫妻之事，我就從來都不感興趣。」

「嘿！你這老樹妖，你老不正經啊你！」無影的靈魂化身被老樹妖的那句話氣得蹦了起來，並且指著老樹妖破口大罵了起來。

「喂喂！你別這樣，人家老樹妖說得很有道理。對了，你給你的老婆起名字了嗎？」江一木笑著問道。

「就叫『大老婆』『二老婆』。」那化身回答得很沒耐心。

「哦！那我以後也這樣叫牠們？」江一木笑的樣子看起來壞得很。不過那靈魂化身卻顯得無所謂，隨口說道：「你隨便。」

江一木也不跟他一般見識，指著另外兩個光人，問道：「她倆呢？也是大老婆、二老婆？」

「她倆？」無影的化身想了想，笑著說道：「她倆嘛！一個叫『江靈』，一個叫『江韻兒』，哈哈……好名字，就這麼定了。」

江一木又黑著臉問向他：「那你呢？」

「我嘛！自然就叫『江一木……第二』。」

「不行！」江一木立刻制止了那化身用自己名字之後，說道：「你直接就叫

『第二』好了。行！就這麼定了，你就叫『第二』。」

「啊？第二呀！也行。」那化身對於自己的名字倒是不太挑剔，直接就接受了。

「呵呵……你倒是不挑剔。」江一木誇了一句之後，突然想到一個問題，隨即問道：「哎！不對呀！你那兩個老婆還沒有正常的化身，怎麼就凝聚出了靈魂化身了？」

第二也摸不著頭腦，想了想之後，說道：「這個我就不清楚了，自打那日牠倆同時生出蛋寶寶之後，就開始出現將要化身的徵兆。原以為是正常的化身，沒想到牠們竟然都跟我一起凝聚出了靈魂化身。」

「行啦！這都不重要。第二，還有那個、那個……江靈和江韻兒都過來，我傳你們水系凝丹術，然後你們幫我煉製丹藥。」江一木吩咐道。

「太好了！我們這就能煉製丹藥了？」第二顯得非常興奮。

「怎麼？很喜歡煉丹？」江一木很好奇。

「我覺得你煉丹製符的樣子很棒。所以，不光要煉丹，以後魂體更凝實了，我們還要製符和學習術法。」第二顯得信心滿滿。

「那好，我現在就開始傳授給你們水系凝丹術。」

江一木說完，便為幾個靈魂化身傳輸過去水系凝丹術和一些煉丹的感悟、技巧。

「這幫手……越來越多了啊！」江一木看著這三個正在幫自己煉製丹藥的幫手，開心得不得了。

心情大好的江一木審視了一遍小妖界，最後將注意力放在歷目尊者、極坦尊者還有鐵臂尊者的身上。

現在小妖界裡有沙峰和沙鑠幫忙打理，也就差不多了。這樣的話，把他們三個弄回北川那邊，興許還能派上一些用處。但是他們身上妖氣太重，要是能遮掩一下……

江一木突然想到了遮妖木，隨即便在那棵遮妖木上取了一片葉子，拿在手裡端詳了一會兒，便拿出符筆，在上面繪製起了隱魂符文。

只是幾個呼吸的工夫，一片由遮妖木樹葉製成的隱魂符，便在江一木的手中出現了點點亮光。

「嗯！挺好的，試試去。」

江一木拿著這枚特製的隱魂符，便來到極坦的身邊。一揮手，那張隱魂符便沒入了極坦的身體之中。隨著隱魂符消失，極坦身上那濃濃的妖氣也隨之消失。

「嗯！不錯，我可真是個天才。」

笑著誇了自己一句之後，江一木便將歷目尊者、極坦尊者和鐵臂尊者都叫到一個僻靜所在，將各種靈晶擺了一地，逐個使用自己的木系靈氣幫助他們引導體內靈氣進行修煉，並讓他們隨意吸收面前的靈晶。

一個時辰不到，三個人已經完全能夠通過吸收靈晶的能量，使體內靈氣自行遊走起來，從而進行修煉。

讓江一木驚喜的是，極坦尊者吸收的是土系靈晶，鐵臂尊者吸收的是金系靈晶，而歷目尊者吸收的則是木系靈晶，這就說明了他們三人的體質情況。

尤其是歷目的木系體質，則非常讓江一木開心，他彷彿看見自己又多了一個能幫助自己煉丹製符的好幫手。

這三人不同於紫蓮，畢竟是在妖界受過正經煉體修煉的高手，隨著靈晶被他們快速吸收，幾人的修為也很快的從練脈一層開始升到了練脈三層。而江一木又適時的給他們服用了鑄魂玄丹，繼而他們的修為也一直在不停的增長，江一木也持續的幫助他們服用鑄魂玄丹。

直至三人都進升到了練脈九層修為，看了看地上為數不多的靈晶，江一木便讓極坦尊者和鐵臂尊者不再吸收靈晶，而是原地盤膝打坐，穩定修為。

對於歷目，江一木則拿出所有的木系靈晶擺了出來，並且讓她平躺到那些靈晶之上，開始為她人工合成體內靈丹。

整整一天一夜，歷目的人工靈丹就已形成，她身下的所有木系靈晶也都被她吸收一空。雖然並沒有滿足她容許範圍之內最大靈晶需求，但也足夠讓她自主穩定的運轉了。

擦了擦額頭上的汗珠，江一木將歷目尊者慢慢的扶起，又親自使用木系靈氣助她穩定修為。一天之後，江一木才收了靈氣，讓三人獨自在那裡繼續穩定修煉，自己則去了遮妖木下，開始繪製起遮妖符。

三日期滿，江一木為了不過分招搖，只從紫蓮和黑靈、第二、江靈、江韻兒他們那裡挑選了一小部分丹藥，就從小妖界回到了靜室。

待到江一木閒庭信步的從靜室出來，不出意外，見到單靈正等在靜室之外。隨即微笑著問道：「商行那邊都準備好了？」

單靈點了點頭，說道：「就差你的牌匾了，其他包括陳列什麼的也都弄完了。」說到這裡，還向江一木做了個鬼臉，說道：「我跟張富身上的所有丹藥都貢獻出去了。」

「哈哈……好靈兒，多謝你們了。丹藥咱不缺，來！這個妳拿著。等下不用全交給殷明，妳跟張富也留下一些。」江一木笑著說完，便將裝著丹藥的儲物袋交給了單靈。

「嗯！我們走吧！明天商行就要開業了，三十九皇子早就在那邊等著你呢！」單靈顯得很是開心。

「好的，走吧！我們賺靈晶去了。」江一木拉起單靈，就跑出了驛館。

在單靈的帶領下來到商行，江一木也不去找殷明閒聊，而是在前堂之中直接開始繪製起牌匾。

隨著符筆飛快的在牌匾上遊走，點點靈氣也在牌匾上時隱時現。一個時辰之後，江一木抬起符筆，牌匾上金光一閃，隨即隱去。一眼望去，牌匾之上，點點靈氣遍布整個牌匾，就似牌匾前面罩上了一層水晶一般。

店內圍觀的眾人第一次見到符紋大師現場製作符紋，現在見牌匾已然變成一個巨大的符籙，雖然不知道具體作用，但都齊聲叫起好來。

殷明本來在樓上包廂內休息，聽到樓下的叫好聲，急忙跑下樓去。見到江一木剛剛收起符筆，又看了看那個已經遍布靈力光點的牌匾，當下連連埋怨店鋪夥計，責怪他們沒有叫他也過來看看江一木現場製符。

江一木笑著說道：「難得皇子殿下今日有這般興致，那就……」說到這裡，看向單靈，示意讓她過來展示一下。

單靈也明白江一木的意思，隨即笑著說道：「那好，既然皇子有興致，那我就獻醜了。」

隨即拿出自己的符筆，鋪好符紙，站在那裡閉目凝神，調整了一下氣息，當即，符筆便落了下去。筆若遊龍，刷刷點點，小小的一張符紙之上，不到一炷香的時間，便繪製上了幾萬個符紋。

隨著最後一筆落下，單靈收起符筆，又拿出那枚江一木雕刻的印章蓋了上去，然後說了句：「成了！」便將符籙送給殷明。

殷明接過符籙，看了看單靈，又看了看江一木，不好意思的問道：「一木老弟，我對符籙一道還是不太精通，實在沒看出來這是個什麼符籙。」

江一木也不答話，笑著將符籙拿了過來。左手執符，右手伸出兩指，顯出點點靈力，隨即將靈力點向符籙。

一道白光亮起，大廳上空便出現了殷明身著黃金鎧甲，手握長刀，馳騁在一片草原之上的影像；幾息之後，那個影像又變成了殷明身穿素色長袍，正在盤膝撫琴；又是幾息，影像又變成了殷明身穿官服，騎著高頭駿馬，正在巡視百官……

見到這幅影像，屋內的夥計齊聲高呼：「皇子威武、皇子威武、皇子威武……」

待到影像慢慢消失，殷明還沉浸在剛才眾人的歡呼聲中。站在那裡回味了一會兒，意猶未盡的看向江一木，問道：「還有這種符籙，叫什麼名字？挺有意思的嘛！」

江一木哈哈笑著說道：「這是單靈獨創的變裝符，雖然沒有什麼實戰作用，但還是很受一些北原貴族青年男女追捧的。我覺得在明日開業之時，可以為一些貴賓，尤其是女性嘉賓現場製作一些。」

「啊……這個行啊！沒看出來呢！我當弟妹只會繪製一些普通的符紋。一木老弟，你可真有福氣！」殷明看著江一木，讚歎道。

江一木搖搖頭，擺手道：「大家都是各有專修而已。對了，丹藥我準備了不少，等下你跟單靈要。哦！我這邊材料不多了，你那邊什麼時候能補充一批？」

殷明聽後，拍著江一木的肩膀，說道：「材料沒有問題，我從皇室倉庫調撥了一些過來，放在專門為你準備的靜室裡了。那些你先用著，過幾日還有大量的草藥會採購進來。」

這時候，單靈也走了過來，將裝著丹藥的儲物袋遞給殷明，說道：「這是一木煉製的丹藥，等下我們一起去訂個價吧！」

殷明接過儲物袋，探查之後，驚訝的看著江一木，說道：「你這……太高產了吧！」

「手熟，手熟而已。」江一木笑著應付過去之後，便在殷明的帶領下，進到了專門為他準備的豪華靜室。

——待續

國家圖書館出版品預行編目資料

丹天符帝 / 牧雪參天作. -- 初版.
-- 飛燕文創事業有限公司, 2023.06-

冊；公分

ISBN 978-626-348-349-1(第1冊:平裝).--
ISBN 978-626-348-350-7(第2冊:平裝).--
ISBN 978-626-348-351-4(第3冊:平裝).--
ISBN 978-626-348-352-1(第4冊:平裝).--
ISBN 978-626-348-353-8(第5冊:平裝).--
ISBN 978-626-348-354-5(第6冊:平裝).--
ISBN 978-626-348-355-2(第7冊:平裝).--
ISBN 978-626-348-356-9(第8冊:平裝).--
ISBN 978-626-348-357-6(第9冊:平裝).--
ISBN 978-626-348-358-3(第10冊:平裝)

857.7 112004705

丹天符帝 09

出版日期：2024年09月初版
建議售價：新台幣190元
ISBN 978-626-348-357-6

作　　者：牧雪參天
發 行 人：曾國誠
文字編輯：Free
美術編輯：豆子、大明
製作/出版：飛燕文創事業有限公司
公司地址：台中市南區樹義路65號
聯絡電話：04-22638366
傳真電話：04-22639995
印 刷 所：燕京印刷廠有限公司
聯絡電話：04-22617293

各區經銷商

華中書報社	電話	02-23015389
旭昇圖書有限公司	電話	02-22451480
駿侑文化有限公司	電話	03-4201308
万全杰事業股份有限公司	電話	04-24635151
智豐圖書股份有限公司	電話	05-2333852
威信圖書有限公司	電話	07-3730079

網路連鎖書店

金石堂網路書店 電話：02-23649989
網址：http://www.kingstone.com.tw/
博客來網路書店 電話：02-26535588
網址：http://www.books.com.tw/

若您要購買書籍將金額郵政劃撥至22815249，戶名：曾國誠，
並將您的收據寫上購買內容傳真到04-22629041

若要購買本公司出版之其他書籍，可洽本公司各區經銷商，
或洽本公司發行部：04-22638366#11，或至各小說出租店、漫畫便利屋、各大書局、金石堂網路書店、博客來網路書店訂購。
▶如有缺頁、破損，請寄回更換！

Fei-Yan
飛燕文創